Arsène Lupin 亞森・羅蘋冒險系列 21

Le dernier amour d'Arsène Lupin

羅蘋最後之戀

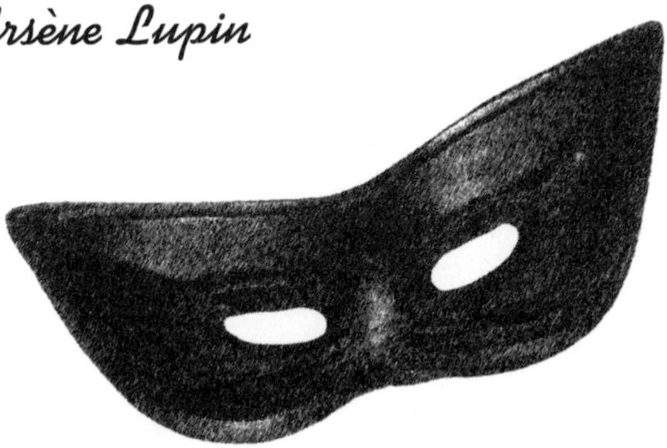

莫里斯・盧布朗／著
吳欣怡／譯

好讀出版

contents 目錄

chapter

楔子

一、亞森・羅蘋的祖先

「老闆，羅蘋將軍在嗎？」

「是，上校，他正睡著，一回來就睡了。」

飛奔上樓的巴哈巴上校停在走廊上喘氣，這裡是馬恩省①一間供部隊留宿的旅館。

「睡了？叫醒他。」

「這……不行啊，上校。將軍會不高興！」

「我要你叫醒他。」

「我沒這膽子……」

「非叫不可，十萬火急！」

「但是，上校……」

「我奉了皇帝陛下的命令。」

「來了！」遠處傳來聲音。

其中一扇房門被用力打開，門口出現一位穿著睡袍的大個子。他又說了一次：

「來了！」

此人一見上校，立刻親暱招呼：

「喲，是你，巴哈巴，怎麼了？快進來。」

兩人走進房裡，軍服到處扔得亂七八糟。

「您睡啦？」上校接著又問，「吃過了嗎？」

「我不餓。」

「換衣服吧，皇帝陛下需要您。」

一聽這話，羅蘋將軍像彈簧般迅速動作，邊穿軍服邊問眼前的訪客：

「出什麼事了？」

「有項任務，只有您能完成。」

「嗯，我會讓任務提早成功。」

他開門叫喚：「布里尚多！」

一名勤務兵入內。

「是，將軍。」

「給克雷歐帕特裝上馬鞍，很急！然後通知達尼耶副官準備，挑幾名得力的中尉一起來。我要去見皇帝，一分鐘都不能耽擱。」

布里尚多快步離去。

一眨眼功夫，羅蘋將軍已整裝完畢。

下樓時，他突然止步，有點擔心地轉身詢問伙伴：

「欸，巴哈巴，下午的戰役沒失守吧？」

「沒有，將軍。時間拖延越久，皇帝陛下的勝利便越十拿九穩。」

旅館外頭，裝妥鞍轡的馬匹不停嘶叫，幾名軍官已就位。羅蘋將軍縱身上馬。他喝令：

「前進！前進！」

塵土飛揚中，這支小隊直奔司令部。巴哈巴上校負責帶路，領著小隊往皇帝下榻的小鎮前進。羅蘋將軍緊跟在旁。

夜幕低垂，兩人安靜地走在前頭，羅蘋依舊不安，再次問道：

「所以，確定贏了？」

「當然，您這不是明知故問嘛，將軍！這回勝仗您功勞最大！皇帝剛才還說：『若非羅蘋將軍帶隊，蒙米亥城②恐怕早就失守了……從此不屬於法國領土。』」

「喔，瞧瞧！所以蒙米亥一役就讓位准將③拿下了？」

「誰說！您現在是少將了，明天將收到正式升遷令。」

羅蘋將軍有些驚訝，搖搖頭道：

「最近才有位女算命師預言我將升官，還斷言我會結婚，未來有個叫羅蘋的有名子孫。這下我可不得不信了。」

巴哈巴上校面露微笑，兩人停止交談，快馬加鞭，周遭只剩輕快的馬蹄聲及日暮時分鄉村特有的、安定人心的窸窣聲響。

經過四十五分鐘的路程，小隊來到郊區一棟旅館，到處走來走去的士兵，替旅館添了熱鬧，卻也極不尋常。人們好奇地群聚廣場，直盯某扇透著光的窗戶，窗戶並未拉起厚重的簾子，房裡待著的，是位受人崇拜的男子，他主導法蘭西帝國的命運，該如何擺脫外侮，人們全指望他了。

幾聲號令下，小隊官兵聽命下馬，巴哈巴與羅蘋朝駐警示意後，隨即上樓，羅蘋被帶到一處充當辦公室的客房內。

皇帝獨自坐在屋內一張桌子前，正研究眼前那紙攤開的地圖。二月中的夜晚仍有些許寒意，挑高的壁爐裡燒著柴火，扶手椅上，整齊放置著名的小巧雙角帽及同樣出名的灰色燕尾服。

「啊！是羅蘋？」

「奉命而來，陛下。我來遲了嗎？」

「不，不……比我預計的還早十五分鐘到。」

將軍行完軍禮，拿破崙④起身走近壁爐，火光映照他穩重的面龐，他身披戰袍、內著白色翻領綠色上衣及白色長褲，連靴子也沒脫下，當他走到邊桌時，鞋跟敲擊地板叩叩作響。桌上有只打開的盒子，裡頭放了鍍金的杯盤，旁邊備有種類不一的冷肉。皇帝轉頭問羅蘋：

「睡過了嗎？」

「不，陛下，我不用睡。」

「餓了吧？」

「倒不覺得餓。」

皇帝指著小圓桌前的椅子命令：

「坐下，吃東西，我替你準備。」

將軍連忙推辭，但皇帝已從軍用包拿出盤子擱在他面前，一下子丟了四、五片不同口味的肉進盤裡。

「吃。」皇帝又說，邊遞給他餐具、麵包及裝滿玫瑰酒的杯子。

羅蘋遵命，卻也把握時間問明任務：

「發生了什麼事，陛下？」

「你知道位於邊界的亞爾薩斯堡⑤嗎？」

「要去那嗎？我不但知道，還認識領主隆巴第。」

「很好，那座城堡裡，有人謀反。」

「所以派我去捉拿叛徒？」

拿破崙比了個手勢，表示肯定，接著在屋裡走來走去，神色緊張，羅蘋快速吞下肉，反手擦拭鬍子，陷入沉思。一會兒他起身，走到皇帝面前，挺直腰桿，直言道：

「請恕罪，陛下，但這事不就是『昂基安事件』⑥的翻版？既然如此，您知道我不碰這種事！我是軍人，不是警察。再說做了，對您我都不好，這點得跟您說清楚。」

「用不著你操心，我知道自己在做什麼！」拿破崙氣得大吼，一腳踹向壁爐內快燒斷的木柴，登時火花四濺。

但他很快恢復冷靜，甚至爲自己將領的忠心坦率、直言不諱感到高興。他拍拍羅蘋肩膀：

「放心，這不是昂基安事件……你在那兒找到蒙卡梅伯爵小姐後，取回一本她從不離身的冊子，帶來給我。這種冊子你家也有，只不過她那是英文版，就是蒙卡梅家族日誌，知道吧？本國家家戶戶都留有這類家族回憶錄，記載家族發生的事件、特殊經歷及秘辛，傳給後代子孫。我必須得到這本冊子，因爲英文版有些片段是法文版沒有的，內容正是聖女貞德⑦的自白，揭露她率隊打游擊戰時，四處蒐集的幾項英國對外政策重大方針。大約是寫：

擁有土地者即擁有黃金。
擁有黃金者即擁有土地。
英格蘭得前進開普敦⑧。
非洲最南方，勢在必得。

「沒錯，」羅蘋表示，「而當英國想盡辦法達成目的時，我家族正爲了替國家奪得加拿大而奮戰，但最終仍因蒙卡姆侯爵⑨戰敗，被英國人佔領加拿大。」

「一點也沒錯，總之，」皇帝回應，「我想看看書冊裡完整的內容，那對我很重要。」

「沒問題，陛下。」

「抓五十個人回來，我那幾位妹婿、塔列侯⑩……這些小朋友，密會謀反，他們全在那兒。」

「那不是馬赫蒙元帥⑪的城堡？」

「叛徒首領就是他！」

「沒有其他主謀？」

「有，蒙卡梅小姐，她是馬赫蒙的情人，把這些叛徒都給我逮回來。」

「立刻去，陛下。只是陛下，不知成功後，您如何行賞？」

「封你爲元帥，怎麼樣？」

「新增一位元帥？」

「不，馬赫蒙的位置歸你，不錯吧？怎麼，沒答話？難道想要別的？」

「或許……女人……」

「喔，那不行，我喜歡她，她是我的，不准碰！」

羅蘋沉默半晌，接著開口：

「陛下，聽我說。蒙卡梅及卡柏‧羅蘋家族，一直是北法唯二的兩大勢力，幾世紀以來，視彼此爲世仇，而層出不窮的謀殺、詭計、偷盜、侵犯，使雙方仇恨更深、歧見更大，再說您也明白，我們卡柏‧羅蘋家在這些骯髒事方面，總慢他們個兩、三拍。所以我很樂意稍微輕薄一下蒙卡梅小姐。」

皇帝露出笑容：

「你太貪心了，我們晚點再談，先把冊子取來……還有女人。」

「陛下，蒙卡梅小姐是我表妹，我打算娶她。」

「她同時也暗通英格蘭王呀！所以，以後再談獎賞的事吧！」

拿破崙看看錶，接著說：

「你累的話可以睡個十分鐘，我再叫你。」

「我不想睡，陛下。我去集結小隊，立刻出發。」

又剩皇帝一人，他若有所思，動也不動地站著，

幾分鐘後，小廣場的鋪石路傳來騎兵急馳而去的聲音，那是皇帝再熟悉不過的聲音。

他慢慢走回工作桌，吃力坐下，拿起放大鏡開始研究地圖，不久之後，這動人的戰士身影即將離開世界舞臺，走入歷史。

二、洞穴裡的女神

羅蘋將軍的小隊馬不停蹄，終於抵達領主官邸，此房舍典雅華麗、設計現代，但仍保留舊時的護城河、阻擋入侵的吊橋等建物。

將軍下馬，先派人包圍庭園外牆，官邸門口有棟小屋，不遠處即是壕溝，羅蘋走近小屋低矮的門扇，用配劍尾端用力敲門。不久傳來人聲，一名僕從趕來開門，羅蘋喝令：

「這裡被包圍了！隆巴第領主呢？我是羅蘋將軍，帶我去見他。」

僕人不發一語離去，吊橋緩緩降下。

領主很快現身：

「將軍您好。有什麼能效勞的？」

「您的貴客們都在哪？帶我去。」

「這容易。」

領主不慌不忙，立刻帶著將軍穿過偌大的花園抵達城堡門口，一行人登階進門，經過數間空房後，再走下一座石梯，來到主屋後方、位於盡頭的避難室。那是一處被佈置成客廳的天然洞穴，數席帷幔順著鐘乳石張掛，毫不突兀，裡頭待了十二人，圍著牌桌，看上去正專心玩牌，勉強抬頭瞧來者是誰。

羅蘋站在這些人面前質問：

「好了，各位朋友，是在謀反嗎？希望各位已準備好跟我走，這是皇帝陛下的命令！」

眾人起身，羅蘋故做親切，逐一唱名：

「喲，貝納多特、馬赫蒙，蒙卡梅小姐也在吧？」

其中幾人連忙撇清：

「蒙卡梅小姐！誰認識啊……」

「就是說呀！」

只有馬赫蒙不否認，他幸災樂禍地說：

「她知道你來了，難道不會逃走嗎？」

「逃不掉的，我的好兄弟，」羅蘋回應，「所有出口都有人守著，我可不是小孩子，乖乖帶我去找人吧！」

馬赫蒙見無計可施，只得照辦，打開藏於簾子後方的柵欄門。門後是人造洞穴，與前方天然洞穴相連，將軍走進的，是一間裝潢奇特的起居室，室內同樣有鐘乳石，只不過是人造，照樣掛著陳舊卻柔軟的粉色絲質帷幔，家具擺設簡單，除了獨腳小圓桌，還有一張書桌及數張風格雅致的椅子。

一名女子半躺在大張土耳其沙發上，她拿著書，身裹低胸洋裝，顏色比帷幔的粉紅再淺一點，大膽性感。女子高䠷豔麗，紅褐色的秀髮在燭光映照下閃閃發亮。

見訪客進門，她從容起身，神色自若：

「瞧，這不是羅蘋將軍嗎？」

「沒錯，是我！表妹好。」

「來這兒有何貴事？」

「正如妳所想，來逮捕妳的！」

「逮捕我？」

「正是，原因妳心知肚明，妳得跟我走，這是皇帝陛下的命令。」

「喔！喔！別急，親愛的表哥！我當然會跟你走，反正也別無選擇，但我不願你把我交給拿破崙，我不想見那個男人，他覬覦我很久了。」

「倒有個辦法能避開他，」羅蘋提議，「獻身於我。」

年輕女子倨傲大笑。

將軍靠近，在她身邊跪下，輕撫其裸露臂膀，吻上雪白香肩，低語著：

「是，跟我，我多麼想要妳……」

女子立刻明白該善加利用這狂熱情感：

「跟了你，就帶我逃走嗎？如此，我願意。」

「這是交易？」

「我想很划算……」

羅蘋站起來開口：

「成交，但妳得將那本書給我，英文版的蒙卡梅家族日誌。」

「你要那本書做什麼？」

「給皇帝陛下，他正等著。」

「如果我拒絕呢？」

「我的人會抓住妳，送妳去巴黎杜樂麗宮⑫。妳逃不掉，四周都被包圍了。」

蒙卡梅伯爵小姐思索半晌，認清大勢已去，爲求全身而退，只能低聲下氣指望眼前這位軍人，他雖心高氣傲，但到底有點傻氣，又被自己迷得暈頭轉向，這會兒竟再度跪在自己腳邊，於是她依偎在男子懷裡，嬌聲道：

「那我把自己交給你……我早想與你一起，你都沒感覺嗎？我喜歡你……但你可得遵守承諾，保證帶我逃走？」

「我向來說話算話。」羅蘋回答，並吻住這美麗俘虜的雙唇，將她推向土耳其沙發。

兩人享完魚水之歡後，起身整裝，羅蘋立刻重拾冷靜。

「美麗的表妹，」他說，「咱們兩家族長久以來爭鬥不斷，卡柏·羅蘋家好幾回痛失先機，這次，我算扳回一城，多謝了。」

羅蘋起身，重新穿好軍服，接著道：

「走吧！」

他催促著：

「別浪費時間，我還有任務要辦，先送妳離開。」

他張望四處後說：

「地底的出口通往何處？」

「通到外頭田野，只要能出去，我很快就能抵達邊界，會有朋友接應我逃往國外。」

「好，準備出發，不過書呢？交給我。」

「在這兒。」她邊說邊從長沙發內層夾板取出一本裝訂成冊的書遞上，正是將軍要的東西。同時她又鑽回將軍懷裡，本想轉移其注意力，但仍被將軍識破她企圖拿別本書掉包家族日誌。將軍沒吭聲，趁她更衣、準備現金時，快速拿走眞正的日誌，再將假日誌放回原處。

「快，現在就走！」

兩人臨別一吻，將軍開啓通往田野的小門，打發外頭站崗的士兵，讓女伴先行離去。

當將軍返回起居室，拿破崙竟從另一邊出現了。「見鬼，眞是好險！」羅蘋心想，他走向皇帝，心虛地說：

「我拿到書了。」

「你剛去哪了？」皇帝狐疑詢問。

「協助蒙卡梅小姐逃離，陛下。」

拿破崙並未因此大膽行徑動怒，他盯著羅蘋，面無慍色，僅淡淡地說：

「你剛丟了元帥的寶座！」

幾個月後，羅蘋將軍迎娶蒙卡梅小姐，兩人定居於奧賽[13]城堡舊址。

拿破崙認眞研究蒙卡梅家族日誌，終究徒勞無功，儘管幫助他重新認定自己的力量及正統，卻再無機會應用從中獲得的良策，滑鐵盧一役[14]粉碎他的夢想及最後的希望。

現在，讓我們來看看萊納公主，或者說是卡莫小姐的人生。

譯註：

①馬恩省（Marne）：法國東北方一省，因馬恩河流經而得名。

②蒙米亥（Montmirail）：蒙米亥城位於馬恩省。

③准將：屬於將級軍官的最底層，往上一階為少將。

④拿破崙：即拿破崙・波拿巴（Napoléon Bonaparte，1769-1821年）。法蘭西第一共和國第一執政（1799-1804年），法蘭西第一帝國及百日王朝的皇帝（1804-1814年，1815年）。其統治下的法國，曾經佔領過西歐和中歐的廣大領土。

⑤亞爾薩斯（Alsace）堡：位於法國東北邊界上。

⑥昂基安（Enghien）事件：昂基安事件，1804年法國保皇黨刺殺拿破崙失敗後，拿破崙出兵逮捕可能成為路易十六繼承人的昂基安公爵。

⑦聖女貞德：聖女貞德（Jeanned’Arc，1412-1431年）是法國的軍事家，天主教聖人，被法國人視為民族英雄。在英法百年戰爭（1337-1453年）中她帶領法國軍隊對抗英軍的入侵，最後被捕並被處決。

⑧開普敦（le Cap）：南非城市，曾受英國佔領統治。

⑨蒙卡姆侯爵：路易斯約瑟夫・德・蒙卡姆（Louis-Joseph de Montcalm，1712-1759年），1756-1759年擔任法國在北美的軍事指揮官。

⑩塔列侯：塔列侯公爵（Charles Maurice de Talleyrand-Périgord，1754-1838年），原任拿破崙外交官，遭革職後勾結外國勢力，迎路易十八回國復位。

⑪馬赫蒙元帥：馬赫蒙（Auguste de Marmont，1774-1852年），拿破崙一手提拔的得力將領，後與塔列侯合作。

⑫杜樂麗宮（Palais des Tuileries）：杜樂麗宮曾是法國的王宮，位於巴黎塞納河右岸，於1871年被

焚毀。

⑬奧賽（Orsay）：奧賽位於法國巴黎西南郊。

⑭滑鐵盧（Waterloo）一役：是1815年6月18日法蘭西第一帝國與大英帝國、荷蘭、普魯士王國在布魯塞爾南部的滑鐵盧進行的一次戰役。結果英普聯軍擊敗了拿破崙指揮的法軍，標誌著拿破崙帝國的徹底覆滅。

chapter 1

遺囑

西元一九二一年十二月，巴黎的義大利大使館舉行一場盛大舞會，雖然為象徵重返往日時光，巴黎陸續辦過幾次小型茶會，但類似這種官方主辦的晚宴倒是自一次大戰結束後頭一回。

大使伉儷於大廳樓梯口迎接訪客，大家紛紛走上二樓美輪美奐的廳房，現場冠蓋雲集，有貴族友人，也有名流夫妻，莫不互相示意問好，認識彼此的同時，也不忘留意陸續上樓的賓客動靜。

貴賓們低聲交談，遠處傳來樂聲，人們在大廳跳舞，四處飄揚輕柔的人聲、樂聲，一直不停。

直到一名高䠷的年輕女子踏入廳室，現場才突然安靜下來。女子獨自前來，舉止及衣著優雅清麗，如此氣質及裝扮相得益彰，使現場其他美女佳人相形失色。她穿著交織茶紅色及黃玫瑰色摺子的洋裝，樣式簡單，做工卻十分細緻，儘管沒多配戴首飾，然而一頭金色長髮飄逸，幾束長捲髮落在她柔嫩的項頸，輕拂白皙裸露的香肩，綠色大眼眨著長睫毛，襯著氣色更顯容光煥發，完全無須脂粉潤飾。

女子步伐慵懶，身邊早已圍繞一群仰慕者，個個爭先恐後，忙不迭問候：

「萊納小姐，又見面了！令尊可好？」

「美麗的珂拉，容我向您致意！」

「親愛的珂拉，期待能與您跳支舞，請將第一首華爾滋留給我吧！您自己一人嗎？萊納親王怎麼沒來？」

她一一回話，順便挑了張牆角的椅子坐下，接著客氣地打發人：

「讓我獨自瞧瞧這些貴賓吧！我最愛晚宴的景致了，燈光、鮮花、華服、軍裝，看了令人不開心也難，啊，那是賽侯樂侯爵吧，我想跟他說說話，下回再跟各位聊……」

於是年輕男子們紛紛退下，賽侯樂侯爵朝女子走來，他年紀雖大，走起路來腰桿仍直，健步如飛。

「妳好，孩子。我就想定能在這兒找到妳，萊納親王怎沒陪妳來？」

「父親今晚在家有場聚會，再說他對這類官方活動也沒興趣。」

「但今日這場面可是値得一見的藝術傑作。」

「可不是？我呀，是驚喜不斷，這些名媛貴公子眞令人嘆爲觀止！」

侯爵在她身邊坐下：「上星期我在樹林裡看到妳，卻沒能追上，萊納在大路上騎馬，而妳則在不遠處駕著運犬車①奔馳。」

「我們每天早上都這麼一起散步。」

「說說妳離開巴黎那幾個月都做了什麼？有讀什麼書嗎？」

「有，幾本古典名著，例如《情感教育》、《往昔藝術大師》等，福婁拜②的風格我尤其喜歡，雖然作品總流露淡淡的哀傷，而佛孟登③實在了不起，荷蘭諸位藝術大師都讓他研究透了！」

「不錯不錯……妳帶了自己的畫作回來？」

「嗯，帶回來了。」

「有進步嗎？」

「應該有。我在那兒研究許多優秀藝術家的作品，學會不少新技巧。」

「看來妳獲益匪淺，瞧妳這身洋裝，令人驚豔，腰帶、披肩，還有妳眸子的色調，與暖色系玫瑰黃配在一塊兒，眞是完美的對比。」

少女臉上閃過一絲欣喜：「您喜歡？太好了，果眞是最權威的評論家！這完全是仿照根茲巴洛④作品《德楓胥公爵夫人》肖像畫穿的。」

「我倒沒見過那福畫……話說我的評論是出自眞誠，但其他人可就眞是議論了，妳為何越惹越多閒言閒語呢？」

她駁斥：「別人愛說什麼與我無關，我行得正坐得直。」

「妳自然少不了高貴端莊，但沒辦法，現今社會講倫理、重規矩，妳不得不顧慮他人眼光，有些禮俗規範至少尊重一下，做做樣子也好。」

「他們都罵些什麼？」

「比如今晚，竟沒年長女性陪妳出席……這對妳有害無益……畢竟是個女孩子家！何必假裝獨立？後果不堪設想啊！妳知道剛剛那群紈褲子弟圍著妳打轉、頻獻殷勤代表什麼？他們根本不尊重妳，倒像是對待特種場所的女人，看了就氣。」

女子揮揮手，巒不在乎地說：

「無所謂，那幾個都是蠢蛋。」

「的確，」侯爵回應，「是不怎麼要緊，但另一件事就嚴重了，聽說妳身邊多了『四劍客』，從倫敦來的，又是何方神聖？大家都在背地說妳父親瘋了，竟留他們住進家裡庭院的獨棟小屋？還說妳跟著他們到處走動，簡直招搖！就這些話了，到底哪幾句是眞的？」

她拉起滑落的披肩，優雅地圍上脖子，接著回答：

「全是眞的，除了惡意中傷的部份。明明再尋常不過的事，卻被說得那麼難聽。我朋友教養良好，大家相處很愉快，我在倫敦認識他們，這次是他們來巴黎，一時不知道住哪，父親才安排他們住進庭園盡頭空地上的頹圮房舍，您知道吧？就是後來充當侍衛宿舍的舊聖器室。結果他們願意住，有他們做鄰居，排遣我不少寂寞。」

侯爵聳聳肩，苦著一張臉道：

「是啊！妳倒是輕描淡寫，可有心人卻不這麼想，這般行徑只會造成別人避免與妳來往，最後害自己受到排擠。」

「我實在討厭這些有頭有臉、簡直一個模子刻出來的賓客。」她直言，「反正沒事我也不愛跟人打交道，當然特定人士除外，比如您囉！」

此話逗得侯爵開心，語氣和緩許多：

「好吧！比較糟糕的是其他女人見了妳就生氣，全不希望妳來，注意到了吧？男人則是歡迎妳到有點過份……熟識妳的人必會爲妳抱屈。」

她微微一笑：

「瞧，這會兒不就來個女人，還是女主人呢。」

大使夫人朝他倆走來，說道：

「親愛的珂拉，我正找妳，有事轉告，令尊剛來電請妳立刻回去，希望他別病了才好。」

「父親像被寵壞的孩子，想到什麼做什麼，也不管情況是否允許，大概因爲我總是順他的意，就像他總任我予取予求。那麼，我先告辭了。」

她起身朝侯爵致意，大使夫人送她下樓。

當珂拉從衣帽間穿妥溫暖的毛皮斗篷來到大門時，她的座車也到了。

「回家，」她催促道，「快點。」

她鑽進車裡，車上的小花瓶盛著紫羅蘭，香氣滿逸，她雙腳擱著球狀熱水袋，裹上毯子，蜷縮依靠柔軟的椅背，順著車行搖晃，十分舒適。

珂拉腦海浮現賽侯樂侯爵的擔憂，不禁覺得好笑，她心想：「可憐的朋友，位於社會階級頂端，可惜成了偏見的奴隸。」

她再想起侯爵提及的「四劍客」。他們真的很特別！總是笑口常開、自在不羈，與自己氣味相投，因而私底下往來密切。

之前在倫敦某個晚宴場合，朋友介紹艾佛伯爵給她認識，她雖冷淡，但超齡的談吐依舊深深吸引伯爵。後來他們相約碰面數次，伯爵再引見安德黑・沙維希上尉，此人熱情洋溢、隨時有新點子，而且不按牌理出牌。三人很快便形影不離，一同走訪許多老街區、博物館。

某日他們在茶館休息時，巧遇多納・道森及威廉・洛基，恰好是沙維希上尉的朋友，兩位年輕男子溫文儒雅、俊俏斯文，深諳女人心事，立刻成了珂拉這年輕女孩的知己，跟著加入三人幫。他們知道哪兒的女裝店好、哪兒的服飾新潮，還認識不少古董商，對色澤、款式及小裝飾品的判斷挑選頗有一套。

多納・道森也算博學多聞，對考古學特別有研究，安德黑・沙維希亦是同好，兩人經常聊得欲罷不能，激盪不少火花。外頭謠傳道森是某失勢的英國貴族之子，他與威廉・洛基同住，人們還說他倆不過是隨便什麼旅社的領班⑤罷了。

珂拉不怕知道眞相，無論什麼來歷，自己就是喜歡這四位護花使者，跟他們一起，天天都有新鮮事，完全不無聊。後來，四人陪珂拉返回巴黎，珂拉的父親留他們住在自家外圍的老舊房舍，這些人能待下來她自然喜出望外。

安德黑・沙維希選了聖器室，老教堂的聖器室已然半塌，但稍微整建依舊可以住人。艾佛伯爵則屬意長型建築的警衛宿舍，他找人開了幾扇窗並安裝隔間。至於多納及威廉仍決定同住，最後一致同意住進充滿十七世紀華麗建築風格的獨棟小屋，兩人並依自身需求，增添部分現代裝潢。

珂拉每天都去找他們，樂此不疲，不是跟這個出去，就是跟那個出去，或者其中兩位，戲院、展場或樹林都能看見珂拉身影，唯獨出席上流社會聚會時，四人不會作陪，通常珂拉獨自前往，就像今天這樣。

四人都對年輕女孩很好，從不擔心這麼下去，或許會傷害彼此友誼。他們愛她嗎？珂拉偶爾想過這問題，卻沒有答案，他們對自己的態度就像尋常調情，有時會飛快地偷吻她，但她總是立刻擺起臉孔制止，她一個都不愛，只想按照自己當下的心情輪流喜歡每個人。

除了最近一次出國旅遊，二十二歲以前的珂拉・萊納從未離開過父親，教育方面也是請英文家教及其他各科老師到府授課，父女倆感情深厚，父親對女兒呵護備至，這個家女兒的意見至上，問題是她對家中財務狀況一無所知，家裡到底有沒有錢她根本不清楚。

偶爾，她注意到馬匹、昂貴的家具、畫作等被廉價出售……然而萊納家依舊出手闊綽，靠所剩無幾的僕人維持奢靡排場。這幢位於塞納河左岸的大宅確實搶眼，有一整排面河的窗戶，後方偌大的庭園裡有幾間前屋主留下的破敗房舍，也就是珂拉朋友選擇居住的地方。

有時尙得靠變賣祖產暫解燃眉之急，只是問題一解決，又開始花錢不手軟。

萊納親王在外交圈舉足輕重，派駐於布魯塞爾時，娶了一名奧地利女子爲妻，後來送她至英國待產，但珂拉出生那日，妻子也難產而死。於是，他帶著女兒回巴黎，全心全意照顧女兒。只是返國後的親王意興闌珊，儘管好友卡莫議員一直鼓吹他也競選議員，但親王不覺得自己能當個成功的公眾人物，他自知缺乏野心。

珂拉很早就察覺父親過著紙醉金迷的生活，賭博、好馬、女人，逐漸耗盡他的心神與錢財，但女兒永遠擺第一位，不論他有多少下午茶聚會及多精彩的夜生活，每天早上一定帶著珂拉去樹林爬山，並與她共進午餐，享受兩人時光，聊聊女兒的計畫、想法及夢想。

回家的路上，珂拉不斷想著這些事。

車子在珂拉家門口停下，司機朝內喊了幾聲，大門隨即開啓，她站在門前，突然一陣心神不寧。萊納親王爲何非要她回家？她總是怕父親只爲了挑戰什麼或證明對自由不屑一顧，而結束自己的生命。

踏入父親書房時，她越發感到不安，父親坐在書桌前，表情嚴肅，正爲信封蓋上封印，再以紙鎭壓妥。「四劍客」站在他身邊，所以父親也找了他們？他們從未同時來書房過啊！

四人都沒開口，只以眼神向年輕女孩致意。她脫下帽子。

萊納親王問道：

「晚宴好玩嗎？」

「嗯，很盛大。」

「抱歉打斷妳的興致，但我要走了，想抱抱妳再走。」

「走？」

「我託了這幾位朋友轉交給妳的解釋，主要是爲了妳，親愛的珂拉。現在都出去吧，我需要靜一靜。」

親王站起來抱住珂拉，親吻她的額頭，再緊握四位男士的手，接著，讓四人陪同年輕女孩離開。

珂拉膽顫心驚，因爲走出房外時，她瞥見桌上擺著一只眼熟的盒子，她知道裡面放的是左輪手槍。

珂拉等人待在會客室，她焦躁不安，抓著艾佛伯爵急問：

「到底怎麼回事？他要去哪兒？我很擔心……」

伯爵倒冷靜異常，拉著她說：

「別管了，妳幫不上忙的。上樓回房去吧。」

沙維希上尉也開口：

「是啊！別在這兒，」他說：「他需要……」

話還來不及說完，房內傳出一聲槍響。

年輕女孩驚慌失措，回頭衝向剛才離開的書房，推開房門，只見親王頭朝下倒臥在扶手椅，被子彈打穿的太陽穴血流如注，右手癱軟垂落，手槍就落在旁邊地板上。

珂拉跪下，緊抱父親，泣不成聲：

「父親……父親……」

她全身無力，只覺得天旋地轉，幾乎快昏厥倒地。

跟著進房的四名男子見狀，情緒也很激動，他們低聲討論對策：

「他死了？」

「看來是。」

「總之先找醫生來再說。」

多納・道森及威廉・洛基含著淚，一同前去吩咐大踏步趕來的僕人。

安德黑・沙維希和艾佛伯爵來到珂拉身邊，輕輕扶起她。

「去歇著吧！」艾佛勸道，「可憐的孩子，妳不該在這兒的。接下來的事，只怕更令人煎熬……」

伯爵朝沙維希上尉使個眼色，要他從攤放在書桌上的數個信封中，取走紙鎮壓住的那封，上尉將信放入口袋。

之後，他也來到珂拉身旁，與伯爵一起陪著女孩回到樓上臥房。

二人扶珂拉坐上安樂椅，珂拉眼神茫然，口中喃喃重複：

「太可怕了。」

沙維希爲了轉移女孩注意力，從口袋取出剛才自書桌拿走的信，遞給珂拉時說：

「令尊在妳抵達家門前剛寫好的，他留了話給妳，並拜託我們轉交。妳想看嗎？」

她急切地搶過信，只見信封上寫著「致愛女」，她撕開封口，擦乾眼淚，開始讀信：

女兒：

「生命了無生趣，我選擇離去。」我朋友卡莫先生的父親，就是拿這句話與他永別的。而即將解脫的我亦是爲了相同的理由。

因此，我也仿效他，臨走前留下忠告，指引妳未來如何行走人生之路。

妳跟我很像，從不信那些金科玉律。道德雖綁不住妳，妳卻深知榮譽可貴，從未做出寡廉鮮恥之事。所謂美德，眾人奉爲圭臬，卻綁手綁腳，某些不符人情的規範單調枯燥，不適合妳；相反地，榮譽屬個人行爲，賦予人在任何情況下，有決定下一步或選擇不照世俗規範行事的自由；榮譽不允許放棄，只會激勵人前進。

妳向來不把外頭的議論放心上，繼續視而不見，除非直接對妳人身攻擊！好好藏身富麗堂皇的象牙塔裡，以自己的想法爲準即可。

只是單身女子的生活雖然多采多姿，卻免不了孤單，妳和我一樣，無雄心壯志，也不可能當公眾人物，愛情是妳唯一歸宿，勇敢追求愛吧！妳美麗、年輕、熱情，只要懂得慎選對象，挑個適合自己的男人，他會一輩子對妳好。

在這場命運爭奪戰中，妳並非單打獨鬥，那四位因妳聚在一塊的好朋友將陪著妳。繼續留他們住下來，當成妳的依靠，巴黎社交圈見妳成天與男人混在一起，傳言自然難聽，但無論外人如何指指點點，別理會就是了。

只是妳恐怕很難與女性建立友誼，女人對妳只剩嫉妒及輕視。

萬一想體驗性愛，儘管去吧！女性該有自主權，某種程度而言，女性只需評估一件事，也就是幸不幸福，記住別墮落就好。

現在，有件事我非提不可，我也是偶然間發現的，妳那四位朋友中，有一位應該就是特立獨行的亞森・羅蘋，此人冒險犯難的性格可從未嚇倒我！他使用假名，我無法確定是哪一位。

好好觀察，找出他來，此人乃正人君子，能給妳意想不到的支持。

女兒，道別的時刻到了，怕妳遺憾，我不願沒說一聲就走，就算我眞選擇沉默離去，也是爲了避免無意義的心碎。

讓自己過得比我更精彩。

此生我已無憾，我自在逍遙，想做什麼就做什麼，早已養成隨心所欲的性子。

別爲我哭，也絕不掉淚，那是弱者的行爲。

要幸福。

萊納

珂拉不發一語，只反覆讀信，最後將信塞進寫字檯的抽屜。她感到一股莫名的安慰，此時道森及洛基也來到房裡，珂拉不加思索，開口便問艾佛及沙維希：

「你們早知他有這個念頭？他曾透露什麼嗎？」

「嗯，」艾佛回答，「他找我們來就是爲了告知此事，我們費盡唇舌、苦苦哀求都沒用，他心意已決。」

「另外，也提了妳的事，拜託我們照顧妳，」安德黑・沙維希補述，「別擔心，有我們在。」

「是啊！」其他人同聲附和，「有我們在！」

珂拉表示感謝，一邊仔細瞧著四人，陷入沉思：「如果其中一位眞是亞森・羅蘋，那究竟是誰？誰會是亞森・羅蘋？」

譯註：

①運犬車：英式無頂馬車

②福婁拜：古斯塔夫・福婁拜（Gustave Flaubert，1821-1880年），法國現實主義作家。著有《包法利夫人》、《情感教育》等作品。

③佛孟登：歐仁・佛孟登（Eugène Fromentin，1820-1876年），法國畫家、作家。著有《往昔藝術大師》（*Les Maîtres d'autrefois*）。

④根茲巴洛：湯瑪斯・根茲巴洛（Thomas Gainsborough，1727-1788年），英國肖像、風景畫家。

⑤領班：指官舍、府邸或旅館等私人房產內的管家。

chapter 2

七億危機

萊納親王的死震驚了巴黎社交圈，這圈子雖將伯爵視為怪人，卻也承認他是位身家顯赫、擁有純正血統的貴族。

葬禮隆重莊嚴，許多政商名流前來弔唁。飽受悲痛折磨的珂拉，態度沉著，一滴淚也沒掉，令身邊的人感到意外。殊不知這可憐的孩子在過去二十四小時內，憑著超乎常人的精神奔走於政治與宗教高層，儘管父親已被判定自殺，她仍想為父親爭取，希望能以符合其身份階級的原則，採教廷儀式入葬。

整個過程多虧艾佛伯爵及沙維希上尉幫了大忙。兩人在政壇皆累積了驚人的人脈，總有辦法叫那些當權人士就範。艾佛伯爵除了外出拜訪有力人士外，幾乎寸步不離珂拉。反觀安德黑・沙維希很少待在女孩身邊，甚至喪事期間還數日不見人影，令珂拉極爲詫異。再見他時，珂拉旁敲側擊，卻只得到含糊片段的解釋。

至於另外兩位朋友多納・道森和威廉・洛基，則動不動往各處新潮酒吧跑，受到一群夜夜笙歌的年輕人熱烈歡迎。這兩個奢靡享樂的傢伙，對自己莫名其妙當上悲劇目擊者震驚莫名，爲了沖淡心頭陰影，他們更常往外跑，依舊形影不離，兩人藉著鉅細靡遺陳述親王自殺當日的情景及所見所聞，輕易打進不同的圈子，拜他們多嘴所賜，大家很快得知萊納親王乃舉槍自盡，而整個自殺過程更成了各大夜總會及沙龍茶餘飯後的話題。

什麼！他留了一封信給女兒，信裡說明求死決心，竟還引述朋友卡莫先生的父親之語，說是爲同個理由自殺！太難以置信了！有人提起一本在第二帝國①末期頗負盛名的作品，某位受歡迎的小說家還將書中主人翁卡莫先生②搬上舞臺，於是，人們開始稱呼萊納公主爲「卡莫小姐」，因遭遇相去不遠。

當然，珂拉全然不知父親死因遭大肆張揚，更不知自己被取了綽號。她深陷哀傷，足不出戶，只有在公證人傳喚她釐清事件細節時才勉強出門。

話說回來，巴黎這城市向來不會熱中同件事太久，當民眾對此不光彩之事快失去興趣時，另一件懸案適時分散了眾人注意力。

一九二二年七月六日，各家晚報刊登了來自倫敦的電報：

倫敦訊——世界銀行總裁公開表示，進辦公室時發現有人竊走他剛傳送出去的電報草稿。電報內容是通知法國銀行將於翌日空運價值四百萬鎊的黃金過去，請其存入特別帳戶。麻煩的是，雙方以電話確認電報內容時，有人待在辦公室隔壁房間偷聽。至此，總裁未再提出進一步說明。

七月八日早晨，又刊登一則新電報：

從倫敦經由空運寄出的兩只包裹受到萬全保護。警方獲得情報指出，數個國際竊盜集團虎視眈眈，當然，亞森・羅蘋先生必定榜上有名，針對此事，他已寫了數封公開信提出條件。

七月九日，媒體報導以下聲明：

本人鄭重澄清，那幾封公開信顯然是某些有心人士杜撰，蓄意破壞本人名譽，轉移大眾焦點。現在，本人正式與這些人宣戰，而且，與過往每次事件一樣，本人視名譽至上。你們最好聽清楚了。

亞森・羅蘋筆

七月十六日，又刊登了數則相關電訊：

昨天晚上，郵務士攜帶兩只包裹搭乘郵務機，飛機已飛越加萊市③上方。

布爾歇④機場已遍布警力、憲兵及法國銀行雇用的私家偵探。

十點鐘，飛機安全抵達目的地，包裹卻消失了。

隨即又有快訊上報：

最新消息——飛機飛越北方郊區上空時，似乎一度大幅降低高度低飛，嚇得當地居民紛紛躲進屋內。

最後一篇報導：

最新快訊——相關人員在位於貧民區及朋騰自治村⑤間的橘倫郡體育場附屬建築裡尋獲包裹。憲兵隊長帶領十二名侍衛前往查看，發現其中一個包裹別著亞森・羅蘋留下的卡片，上頭工工整整打著：『亞森・羅蘋代爲找回，致巴黎法國銀行。』

譯註：

①第二帝國：法蘭西第二帝國又簡稱為第二帝國，是拿破崙三世在法國建立的君主制政權（1852-1870年）。

②卡莫先生：此書名為《卡莫先生》（Monsieur de Camors），法國作家歐達夫・佛耶（Octave Feuillet）著，1867年出版。

③加萊市（Calais）：法國北面臨海的城市，是距離英國最近的港口。

④布爾歇（Bourget）機場：位於法國巴黎東北十二公里處。

⑤朋騰（Pantin）自治村：位於法國巴黎東北部郊區。

chapter 3

揭密

這日珂拉從樹林散步回來，發現艾佛正在小客廳等她，神情嚴肅。

「親愛的珂拉，」他開口，「有件事事關重大，得好好與妳討論。」

「事關重大？您嚇著我了。」

「別擔心，此事能讓妳未來生活獲得十足保障。」

「願聞其詳。」

艾佛伯爵舒適地坐進扶手椅，娓娓道來：

「先跟妳說，我在巴黎近郊橘倫郡買了一塊地，正是帝勒斯城堡所在，我打算前去待一陣子，希望妳能同意。」

「沒問題！但這表示您不再回來了嗎？」

「不一定。我會兩邊跑，有空也會來故人萊納親王悉心替我安排的舊居這邊。」

「啊！這樣極好，兩邊都能兼顧！那麼，十足保障是指？」

「對，我得向妳揭露一個秘密，妳以爲自己是萊納親王的女兒，其實不然，他非常清楚眞相，妳的母親出身奧地利望族，是法國皇后瑪麗・安東妮特①的後代。十六歲時，她結識並愛上一位英國人，此人是英王近親羅德・哈瑞騰之子。兩個年輕人訂了婚，但老羅德・哈瑞騰卻因政治因素反對這場婚姻，妳母親只好嫁給根本不愛的萊納親王。小羅德・哈瑞騰在其父過世後繼任父親爵位，這位令堂昔日的未婚夫從未忘懷舊情人，再度回頭找她。兩人發生親密關係，之後萊納親王夫人至英國生下妳，卻難產而死。因此，妳其實是羅德・哈瑞騰的女兒。萊納親王在妻子死後，傷痛難癒，他視妳如親，將妳帶回法國撫養成人。而羅德・哈瑞騰始終惦記著妳，他不辭千里而來，得知妳住在這兒。如今他打算給妳一筆財產，並幫妳物色了門當戶對的對象，對方是英國王儲奧克斯佛王子。我因爲是羅德・哈瑞騰的朋友兼密使，才刻意與妳相熟。贈與妳的黃金已運往法國，但妳也看到報紙寫的，已引起許多匪徒覬覦垂涎，只要黃金安全抵達，我就立刻給妳送來。那麼，我已完成告知的任務，之後妳可來我家，也就是帝勒斯城堡與奧克斯佛王子相見，若妳願意嫁給他，或許有一天能成爲英國皇后。」

從頭到尾，珂拉保持冷靜，她有些茫然，自己怎會有如此身世！一想到多少看不見的敵人虎視眈眈，計畫奪取她賴以維生的財產，珂拉再度感到不安。幸好也有許多朋友會保護她，至少有幾位是背負秘密任務，守候在自己身邊，例如艾佛伯爵。她覺得身旁交纏著數股莫名的、甚或是對立的力量，可能帶來財富與幸福，也可能奪走一切。自此，她決定提高警覺，留意防範，再不輕易相信任何人。

究竟誰是掠奪者？

譯註：

①瑪麗・安東妮特：瑪麗・安東妮特（Marie Antoinette，1755-1793年），早年為奧地利女大公，後為法國王后。法國大革命後被判處死刑。

chapter 4

貧民區酒吧

所謂貧民區，即指位於巴黎城外圍，一處舊城牆遺址旁的空地，此區不斷遭受痲瘋病及赤貧輪番侵襲，大批垃圾運進運出，一間間簡陋、克難、幾乎找不到能住人地方的小屋，就這麼挨著滿坑滿谷的廢棄物搭建，裡面擠滿了拾荒者、遊民及亡命之徒，可說是文明與野蠻的灰色地帶。

此處是窮人覓得的便宜安身之所。此處罪惡橫行，卻也不乏美德，偶爾，貧民互伸援手的慈悲心，成了照亮這黑暗之地的光芒。儘管孩子們穿得破破爛爛，整日在爛泥及惡臭的水坑裡打滾，幸好強風有助吹散疫氣，這些孩子長大後依舊身強體壯。

應該再沒有比朋騰區周遭更骯髒及悲慘的地方，朋騰是首都北方一處荒涼郊區，十九世紀中葉，此處曾發生駭人聽聞的殺人魔特侯曼事件①，奪走八條人命，至今朋騰區仍背負著千古惡名。

沼澤與泥坑在塞納河彎凹口，堆積成尙維里耶半島，原本只有這兒偶爾可見小綠洲，別處因遍佈石渣瓦礫，又是公共垃圾場，樹木永遠種不活，而綠色葉子具淨化空氣、吸取灰塵及難聞煙味的功用，突然，這地方竟也出現一小塊花園，有草地、花圃及一小盆天竺葵或木犀草之類的植物，還搭了不太穩固的香豌豆遮棚。

某個陽光普照的好日子，貧民區酒吧開張，店名高調地刻在木條及女貞樹交錯的圍牆上，入口處有白色柵欄掩著，柵欄上安裝旗桿，整齊懸掛三色旗及紅旗，煞是好看。

室內有個大房間，牆上刷著瓷漆，雪白嶄新的牆壁給客人雅致潔淨之感，淺色的橡木餐桌如明鏡般閃閃發亮。見吧台上幾瓶未開封的雞尾酒即可知，貧民區酒吧的顧客不希罕舶來酒，仍舊喝法國自產的酒，例如使人忍不住引吭高歌的「小藍酒」，而其他劣等烈酒更是一應俱全。

這晚，客人幾乎都走了，只剩幾個人在酒吧，一位是克羅施老爹，正獨自在角落吃東西，而圍坐在老爹前方桌子的是「謀殺三人組」，他們並肩而坐，三顆頂著蓬鬆亂髮的頭幾乎黏在一起。

他們三個全是令人聞之色變的罪犯，好幾回從極刑中脫身，越獄成功數次，如今一起過著離群索居的生活，三個亡命之徒，憤世嫉俗、怙惡不悛、鐵石心腸，待自己無情，對付別人更是心狠手辣，只要給個好價錢，他們什麼勾當都肯做。

老狐狸是三人之首，他計畫有機會便湊足二十幾個與他們三人同樣危險的傢伙，組成幫派。

老狐狸有著一張蒼白陰沉、幾乎被削去一半的臉孔，憑著大膽、聰明、狡猾，不但順利逃過多次劫難，也收服眼前兩名同黨。

另一位叫普施咖啡，人稱「師奶殺手」，有著像非洲女人那樣的黃褐色皮膚，可愛的捲捲鬈髮更增俊美，此人總能在危急時刻，獲得許多女人暗中幫助，主動提供閨房任他躲藏，還包吃包喝。但三人中最難擺平的，其實是高頭大馬的雙倍土耳其人，他有張河馬臉，走起路來像被關在籠裡的大熊般焦躁，整個人宛如野獸，之所以被稱爲雙倍土耳其人，來自當時流行的一句玩笑話：「誰比土耳其人還凶猛？答案：雙倍土耳其人……」。大家便以此來稱呼他，他入獄時，甚至還在囚犯登記本上簽了這個名字。

這晚，三人喝了滿缸子的酒，驕傲地將空酒瓶排成列，然後照例朝地板吐口水，直接用手擤鼻涕。

老狐狸轉身向克羅施老爹打招呼：

「一起來喝嘛，不差你一個酒杯！」

他們替他點了一杯酒。

克羅施老爹一臉憨厚謙和，倒能與這夥外地暴徒的首腦相安無事，他湊上前問：

「需要我效勞嗎？朋友？」

「不需要你這個人。」

「那找我來是？」

「需要你的倉庫。」

「藏東西啊？」

「借放一下……一小時左右。」

「很大一筆可分吧？」

「嘖！值一億舊法郎。」

「也就是十萬新法郎？」

「至少十萬。」

「誰那麼蠢？」

「英國郵務機，」其中一人回答：「昨晚竟將預計送往法國銀行的兩包黃金掉在這兒了。」

「法國銀行衝著您老狐狸的名號，勢必來貧民區找尋，所以您打算先將東西藏去哪？」

「讓一切按規矩來是我的責任！包裹掉了下來？交給我們處理！雙倍土耳其人先將袋子扛去停在塞納河的電動小艇上，我們四人再一起開溜。神不知鬼不覺。」

「背這麼重走三公里，太累了吧……」

「所以半路必須在你家停留，克羅施，借個磚廠倉庫來休息一下。」

「什麼時候？」

「午夜。」

「這樣的話我得回家吃飯，趕小鬼頭上床睡覺，咱們才能清靜行事，我家那七個小壞蛋對什麼都很好奇。」

「所以你答應了？」

「只要分我一份，自然答應。」

「成交。不過，」老狐狸質疑：「包裹送到你家時，你不會耍什麼卑鄙招數吧？」

克羅施老爹眨眨眼。老狐狸早猜到此人心懷鬼胎。雙倍土耳其人捲起右邊袖子，指著二頭肌開玩笑道：

「你想克羅施會跟這過不去嗎？他如果敢背叛我們，我就捏碎他。」

克羅施連忙哈腰示好：

「捏碎我呀？那我怎敢不從。」

但克羅施又突然一挺直腰桿走到關閉的窗前，似乎瞄到什麼人。他從玻璃窗望出去，發現樹叢後躲著人影，接著，人影一溜煙消失了。這身形看來似乎是自己的大女兒喬瑟法，但喬瑟法來做什麼？又爲何偷聽？這時間她不是應該在倉庫準備晚餐嗎？

「我得走了。」他說：「你們到了就小聲吹個口哨，可以嗎，朋友？」

克羅施在昏暗夜色中快步離去，天邊堆疊著厚重的積雨雲。

十分鐘後，他推開一處大園圃的柵欄門，園子盡頭的建築，便是擠了克羅施一家子的倉庫。克羅施家曾擁有一間磚廠，如今已老舊廢棄，倉庫原屬磚廠一部份。倉庫窗戶透著光線，克羅施搓著手，如往常一樣開心地走進家門。走道十分陰暗，左右兩側是成排的小房間，裡面堆放著破布舊衣及每日偷來的贓物。

克羅施老爹，六十幾歲人，體格結實，長相原是討喜和善，卻因酗酒縱欲落得如今身形猥瑣。此人在貧民區頗受敬重，除了他似乎有點積蓄外，重點是他與警察關係不錯。他結過七次婚，妻子個個明豔美麗，這些女人都讓這好色、油嘴滑舌的傢伙迷得昏頭轉向，但婚後，也全被逼著做牛做馬，過著生不如死的日子。

「原則問題，」他表示：「必要時得狠狠揍這些蕩婦，用不著把她們當回事，等她們渴到受不了再給水喝即可。否則她們會像別人一樣，拿鑰匙開酒窖大門，捧著酒桶喝個爛醉。」

這七個妻子非死即逃，卻無從得知任何一位的死因或確切的失蹤日。貧民區流言四起，因而引來司法調查，偶爾還有法醫前來驗屍。

「你們想聽什麼？」克羅施唉聲嘆氣道：「我不是醫生，問我愛涅蒂娜是否死於感冒？潔杜德是否死於雞眼？還是死因互換？我實在不知如何說明。」

「你不是打過她們？」

「打才好，否則她們會像別人一樣搭計程車就走了。」

此外，誰能懷疑一位悲天憫人、隨便講個可憐故事都能惹他落淚的大男孩？朋友說他「淚腺發達」，連蒼蠅也不忍殺一隻。假如杯子裡有蒼蠅，他寧願一飲而盡也不願殺害。這人心腸好，行事仁慈，簡直像頭溫馴的小牛。

七位太太給他留下七名子女。其中四位女兒分別是喬瑟法、夏洛特、瑪麗・泰瑞絲、安朵妮特，三位兒子則是古斯達夫、雷翁斯及阿梅代。

「唯一讓我苦惱的，」他曾說：「是常把七個孩子搞混。喬瑟法是誰生的？雷翁斯又是誰生的？實在很難記得，我應該在每位媽媽頭上刻數字，再給小傢伙們編號，互相對照，好像幫衣物編號那樣，如此就不會混淆了。而且我本以爲自己有三女四男，結果竟然是四女三男，反正算起來是七個就對了。還有，小孩難免爭執吵鬧，也頗令人煩心。」

「湯好了沒？」克羅施進屋後開始大呼小叫。

「好了，爸爸。我和阿梅代正準備餐具。」

喬瑟法拎著抹布跑出廚房。

克羅施上前擰住她的耳朵質問：

「妳剛才在貧民區酒吧窗外做什麼？」

「我？」女孩滿臉錯愕：「我嗎？我根本沒踏出廚房一步。你瞧，我煮了這道上好的紅酒洋蔥燒牛肉。」

她搬開堆在餐桌上的課本及作業簿，鋪上桌巾。老爹漫不經心地翻閱那些書，接著發怒咒罵，惡聲咆哮：

「夏洛特，過來！……快點！……」

一個身材瘦小的女孩驚慌失措地跑來，她大約十四、五歲，容貌清秀可愛，卻養得面黃肌瘦。

「夏洛特，神聖的歷史課本上竟有墨水污漬！我女兒太不愛乾淨了！去拿家法來！」

孩子取下牆上那根綁著皮帶的藤條，全身顫抖著。

「脫掉上衣。」

她照做，露出可憐瘦弱的身軀，簡直是皮包骨。

「跪下！」

「爸爸，親愛的爸爸，打輕一點，別把我打傷了。」

「頭低下，閉嘴！」

他舉起手上的藤條，卻連一下也沒打就突然定住，藤條停在空中。原來是大女兒猛然擋在他面前，護著妹妹。

「喬瑟法，妳做什麼？」

「我不准你碰妹妹。」

「滾開！我可是一家之主。」

「我說不准就不准，妹妹生病了，你這樣打她會出人命的。我受夠了！我們都受夠了，對吧，你們說？」

她問弟妹，但弟妹們全嚇呆了，沒人敢表態。

老爹再度抬起臂膀，她立刻掏出一把不知從哪兒來的手槍，怒吼道：

「你敢碰她，我就殺了你，爸爸。」

大女兒向來說到做到。他開口辯解：

「但我得教她愛乾淨。」

「那也用不著鞭打，小孩子弄髒東西難免，如果你非打人才高興，就打我好了，這樣她印象更深刻，下回會更小心。」

「眞的？妳願意脫掉上衣跪著讓我打？」

「有何不可？」

老爹眼睛一亮。

「好，脫吧！」

她鬆開衣領鈕釦，再慢慢解開毛衣剩下的扣子。

「跪下！跪下！放下槍！」

她一一照辦。

最後，喬瑟法輕輕脫去毛衣，露出雪白後背，看上去彷彿絲緞般光滑細緻。

「準備好了？」

「來吧！我保證不叫痛。」

鞭子瞬間抽落。

此時，女孩再度衝到父親面前，雙拳緊握：

「還是不行！不行，不行！我都這麼大了，怎能還叫我下跪吃鞭子？你這野蠻人！」

克羅施盯著少女胸膛，全身僵硬、目瞪口呆，難以相信自己的眼睛，他喃喃自語：

「你不是女的？你……你……是男孩？喬瑟法？」

「沒錯，是男孩……我本名是喬瑟飛，弟妹們都知情，媽媽自然也知道！」

老爹嘀咕著：

「你媽……那個婊子！」

這話害他挨了一巴掌，力氣之大幾乎讓他岔了氣，他喘氣道：

「啊！……啊！……算她厲害！」

接著再補一句：

「婊子……」

又是一個巴掌，喬瑟飛開口：

「媽媽教我的……親愛的媽媽，你當然忘記名字了，她叫安潔莉克，你七個老婆裡最美的。她的母愛就是將我抱在懷裡，教我：『記得假裝成女孩，如此可以躲過不少苦工，等你夠強壯了，覺得自己比他強時，一旦他欺負你，或傷害其他弟妹，就站出來痛打他一頓。有一次，我往他頭頂摔去一塊碗，他可是半天不敢動彈！你依樣畫葫蘆便是。之後，你將成爲一家之主，他不過是個懦夫。』」

克羅施雙臂盤胸，腦子裡冒出與少年決鬥的念頭，若能將他一軍多好！而且反擊必得快、狠、準！他笑笑地撿起手槍。

「別這麼做，爸爸。今日這局面不是爲了互相殘殺，而是希望你知錯能改。」

老爹依舊拿槍瞄準少年，喬瑟飛就地跳躍，鞋尖踢中緊握槍枝的拳頭，震落手槍。

「可惡，」克羅施怒斥：「哪有這樣的。」

「就是這樣，爸爸。」

「好，放馬過來，」老爹撲前抓住喬瑟飛，用盡全力緊箍少年胸膛，以爲如此便能力克對手。

他噗嗤而笑：

「我猜你骨頭快碎了，小子。開口向老的求饒，我就放過你。」

「叫我開口求饒？」

這下輪到他賞老爹一拳。克羅施吃痛狂罵：

「骯髒畜生！你這拳打什麼意思的？我手斷啦。」

「哪有，沒有吧……根本沒斷，頂多肌肉撕裂罷了。」

「天殺的混蛋！你用擒拿術！」

克羅施疼得呼天搶地，手臂軟綿綿地垂掛身側。他瞪著喬瑟飛，少年表情冷峻，眼神犀利。

「沒事的，爸爸，」男孩說：「現在你當然笑不出來，不過只要輕輕按摩一會兒，心情放輕鬆，很快就不覺得痛了。讓我來……瞧，沒事了。」

他抱起老男人，在他耳邊低語：

「別記恨，爸爸，也別再犯同樣的錯。咱們依舊能和平相處。你是一家的支柱……何苦虐待我們？」

「好，把藤條扔進火裡吧。不過你母親，美麗的安潔莉克，少將她捧這麼高，我隨便就能講她幾件令你頭都抬不起來的醜事，孩子。」

「是，我知道你想說什麼，爸爸。你是指她騙你？眞了不起，媽媽！萬歲，安潔莉克！」

「還有更糟的……」

「難道我的老爸不是你？啊！快說吧，爸爸，果眞如此，我會更開心！」

喬瑟飛靠近克羅施，彎下腰厲聲道：

「哼，聽夠你的鬼話！你打什麼算盤我一清二楚。要我通知警方前來搜查某個秘密抽屜，然後找到白色粉末送去化驗嗎？或許能因此解釋母親或其他女人的死因。這樣有沒有比較怕了？但我們不會洩漏。你只需牢記把柄在我手上，最好乖乖聽話，懂我意思的話，你也就無須操心！記得現在由我當家作主！你得跟其他孩子一樣服從我。說到這兒，我該去替弟妹蓋被了。」

老爹臉色慘白，他緊咬嘴唇，握緊雙拳，怒不可遏，但終究忍了下來。這冷酷無情的小子嚇壞他了，有朝一日，他一定要討回這口氣。

譯註：

①特侯曼事件：特侯曼（Jean-Baptiste Troppmann，1849-1870年）因殺害Kinck一家八人被判死刑，此案發生在朋騰，被稱為「朋騰大屠殺」，為法蘭西第二帝國最轟動的案件之一。

chapter 5

咕咕上尉

每當橘倫郡貧民區發生竊盜、兇殺或任何罪案時，各司法單位的長官、警察、市政官員及全國人民往往立刻將矛頭指向謀殺三人組。憑他們過去累犯重案的紀錄及謀生方式，自然擺脫不了嫌疑。

上午九點，相關單位得知三人昨晚曾共聚貧民區酒吧，隨後行經體育館附屬建築的道路，正巧是包裹掉落處。儘管昨晚派了四名憲兵及半打法國銀行雇用的偵探嚴密監視，依然守不住包裹。負責站崗的士兵只剩三人清醒，其餘全遭惡名昭彰的雙倍土耳其人重拳擊昏，老狐狸及普施咖啡則趁隙帶走財寶。

詢問了士兵來龍去脈：

「你們見到那大個兒了？」

「沒錯！」

「認得出共犯嗎？」

「很難。」

法官立刻展開調查，昨晚下過雨，往來酒吧的路上泥濘不堪，可輕易追蹤三名惡徒的腳印。腳印一路延伸至磚廠園圃，調查人員進入，按下製磚工坊門口的電鈴，開門帶路的是一群孩子。入內後，眾人赫見遭五花大綁、嘴裡塞滿破布的克羅施倒臥房間地板，數條繩索將他牢牢捆縛在房間中央柱子的底座上。

「強盜！混蛋！」眾人替他解開繩索時，他連聲叫罵：

「他們在磚廠外頭叫我，要我幫忙保管包裹，因爲他們準備到大路那頭的塞納河邊找艘小艇來用。我當場拒絕，於是他們動手揍人，拿繩子把我綁起來，眞是氣死我了。」

「是誰綁你，還搬到這裡的？」

「不知道。」

「那你知道他們人在哪嗎？」

「在小艇上。」

「所以沿著足跡就能追上他們？」

「沒錯，河川下游有艘輪船等著他們。」

然而事情沒他說的容易，找不到三人腳印就算了，竟還出現第四人的足跡，與先前帶眾人追查至倉庫的腳印完全不同。至於小艇，已不在岸邊，憲兵騎摩托車追了一個小時，終於在蓬道茲附近發現小艇蹤跡，只是未見謀殺三人組的影子，包裹自然也下落不明。

當憲兵返回報告搜查結果時，克羅施老爹與七個孩子正在吃早餐，其中喬瑟飛穿著好看的新衣，展露完美體格及寬闊肩膀。大家聚精會神聆聽法官說話。

突然從稍遠處，大約離酒吧再遠點，靠近塞納河的方向，傳來公雞鳴聲，其音尖銳響亮，迥異於一般禽類。奇特的鳴叫迴盪四周，鄰近山谷甚至傳來震耳欲聾的回音。

咕咕咕！

七個孩子，不分男女，全都起身立正站好，動作整齊畫一，彷彿受過完整軍事訓練般一個口令一個動作。遠處再度傳來神氣的「咕咕」聲。孩子開始騷動。待第三次雞鳴，他們奮力推開門窗，像裝了彈簧般，縱身躍出屋外。

孩子們奔向橘倫郡貧民區，有人走馬路，有人繞小徑，還有人穿越田野、公園或荒地，總之方向相同，大夥兒上氣不接下氣，都希望第一個抵達目的地。

目的地在哪兒？難道是這片長滿澄黃野草的平坦空地？喬瑟飛比其他人快半分鐘抵達此處，並一躍跨過白色柵欄。一名年輕男子站在小山丘上，他身著運動服及短褲，抬頭挺胸，露出雙臂，頭上那頂軍用鴨舌帽及鑲有金色鈕釦的卡其上衣，使他活像個老派官員。

喬瑟飛走近此人，伸出雙手。男人緊握喬瑟飛的手，兩人凝視著對方。

「喬瑟飛，」男人問：「我從你的神情大概猜到你攤牌了。」

「沒錯，其實也不太費力。」

喬瑟飛陳述與克羅施對決的經過，正說得起勁兒，男人卻開口打斷：

「停下！」

「首領，還沒提到最精彩的呢！」

「我當然知道有多精彩！只是，我教你什麼原則？絕對不能失去冷靜，必須完全掌握自己的心性，喜怒不形於色，恐懼亦不顫聲。眼神鎮定，音調平穩，懂嗎？很好，現在，先微笑，非常好。繼續說，那老頭子跟你說了什麼？」

「他說媽媽可不是什麼聖人。」

「你怎麼反駁？」

「我回答好極了。」

「他就說這些？」

「不，他故意提起我可能不是他兒子。」

「那你如何回應？」

「我說，啊！爸爸，但願這是眞的！」

「回得好。」

「可是，上尉，如果他眞不是我爸爸，那又是誰？您應該知道吧！求求您告訴我……」

「有些話點到爲止即可，喬瑟飛，你只要記得，用心思考，憑心行動。」

其他孩子有的落單，有些成群結隊，開始陸續抵達。每當上尉傳送強力呼喚時，少男、少女或孩童便會結伴自各處飛奔而來，躍過柵欄，自動分組集結於掛著標語牌及集合指示牌的柱子旁，這些牌子上寫著「白種女孩」、「頭髮獵人」等文字。

這回，還跟來了兩個男人，隨行的尚有憲兵及偵探，他們安靜靠近上尉及喬瑟飛待的小山丘，兩人站著沒動，眼裡除了對方，似乎完全沒留意其他人出現。接著他們緊拉對方的手輕輕一躍，首領高舉胳膊，原本喧鬧吵雜的孩子，立刻寂靜無聲，聚精會神地等待，欣喜之情溢於言表，突然，上尉下達連串指令，聲調鏗鏘，嚴厲急切，孩子們彎腰再站直，做起體操，彷彿田野裡的成熟麥穗，平時柔軟彎曲，遇狂風暴雨時則挺直腰桿。

「稍息！」

孩子們全體臥倒，一會兒後又重新開始做操。當稍息指令再下時，全體採阿拉伯蹲式，聽從教誨，首領語調莊重威嚴，說道：

「孩子，今天練習到此，感謝各位抱著信念與歡喜心完成，大家即將展開與眾不同的人生，希望你們繼續保持熱情、認眞及全神貫注，從今天起，各位得爲自身行爲負責，也許不太可能日日有善舉，但你們可以採最符合自己興趣、體力最能負荷且不失尊嚴的方式，持之以恆做下去。只要年輕力壯，就該挺身抵抗他人蓄意的羞辱與貶低。倘若遭人冒犯，用不著對他客氣。如果父母過份責打，一定要反抗，第一次就該出聲抗議，孩子不該爲了本應提供幸福的大人犯錯而受苦。萬一他們充耳不聞就來找我。我不僅是監督各位養成靈活體能的老師，也將持續協助、保護、關愛各位。明天見，親愛的孩子們。」

離開的隊伍與來時一樣整齊，偶爾才傳出幾聲喧鬧。孩子們沿著既定路線回去，柵欄幾處已設置小門，他們只要推開門即有小路可走，無須攀越柵欄。沒多久，偌大的空地便只剩兩位法官及隨行警察，他們全彎腰盯著地面，似乎發現什麼東西，眾人順著線索一路步行至空地中央的小山丘。

上尉一見來者，立刻挑了看來最有份量的人士詢問：

「怎麼了，先生？您大概沒注意到正站在私人土地上吧？」

「抱歉，我們以爲這是市府的土地，我是預審法官富維耶，受塞納省檢察院委任，調查英國郵務機掉落黃金包裹的事件，這幾位是我的夥伴，其中一位是檢察官。」

上尉表示：

「這事我也聽說了，傳聞包裹憑空消失？」

「是的，根據目前掌握的足印，嫌犯恐怕是群危險份子。」

「所以，諸位是隨足跡找到這兒來的？」

「沒錯，正是我現在站的位置。」

其他組員趨前包圍上尉。

上尉驚訝地望著這些人，笑道：

「預審法官先生，您仔細想想，兩個包裹及三名匪徒接連失蹤，而現在您我之間的土地上，我可沒瞧見什麼包裹或可疑人士。」

法官意有所指地回答：

「是沒有，不過腳印一路延伸至您身後那條下陷的道路旁，而順著這條路往下走，我發現有扇類似地下碉堡專用的鐵門。」

「那是高盧羅馬時期①的地下碉堡，偶爾被我拿來充當藏酒室。」

上尉側身讓路給法官，富維耶先生前往勘驗這座以紅磚及礫石建造的碉堡，再回頭仔細察看足印，接著表示：

「裡面有聲響，是人聲，有人在呻吟叫痛。」

「也許，」上尉回答：「三名竊賊被我關起來了……」

「無論如何，」富維耶先生明確指出：「三人的鞋印通往此處，而第四組鞋印並非來自材質粗劣的靴子，而是高級精緻的皮鞋，尺寸與我腳上這雙雷同。」

「預審法官先生，待您比對過我的皮鞋後，應該會覺得很高興。」

不等法官反應過來，上尉來到下陷的那條路，一腳踏進法官口中的第四組鞋印裡，結果形狀與尺寸完全吻合。

兩名偵探見狀，立刻左右包抄上尉，其中一人不客氣地問：

「您有鑰匙嗎？」

他遞上一把生鏽的大鑰匙，有了鑰匙，憲兵輕易地開啓鐵門。碉堡內擠了三個男人，不知在討論什麼，正是「謀殺三人組」。

憲兵將三人帶出來。

雙倍土耳其人朝著上尉揮舞拳頭，大聲咒罵：

「你們瞧，我們上小艇時，就是讓這卑鄙傢伙抓住，他拿一條綁了活結的繩索套我脖子，我認得他。」

「所以，」上尉笑著說：「我獨力逮住你後，再將三位帶來這兒？」

「沒錯！你在我脖子套了繩索，只管拉即可，而他們兩個像被無形的手制住，進退兩難。之後，老狐狸和普施咖啡負責扛包裹，你把我們關進鐵門，取走黃金。」

「你們就這樣任人擺佈？三對一耶！」

「逼不得已啊！你用擒拿術迫使人屈服，誰受得了皮膚像針插、手臂像快被鉗子夾碎的疼痛？

否則我們才不會乖乖跟你走。」

富維耶先生悄悄來到上尉面前，背靠著下陷道路的土壁，壓低音量問道：

「您把包裹拿去哪兒了？」

「預審法官先生，您該不會聽信這罪犯的片面之詞吧？那我一個人制服大塊頭及兩名同黨又怎麼說？」

「這部分我也覺得不容易，但良策往往能迫使人就範。您到底是誰，先生？」

「這是審問嗎？」

「您有權不回答。」

「我對誰都沒有秘密，預審法官先生。」

接著他侃侃而談：

「我叫安德黑·沙維希，屬預備役軍官，也是巴黎北邊市郊學區的義務教師，在這兒大家都稱我咕咕上尉。」

「住處是？」

「這裡。」

「碉堡？」

「不，我在兩棵柳樹間掛了吊床，樹幹就當桌子，您可在上頭找到我的菸草袋及兩件晾乾的襯衫。」

「下雨怎麼辦?」

「萬一下雨，再拿條防水布蓋身上。」

「萬一是豪雨呢?」

「那我就拿塊玻璃窗擋著。」

「聽起來不太舒服。」

「倒是很保暖呢!」

「職業?」

「考古學者、城市規劃師、演說家、教育家。」

「做這些是爲了?」

「榮譽!這是我最在乎的事。先拿考古學者來說，我對高盧羅馬時期的遺跡與建築工程十分著迷，於是便重現位於馬延省朱柏倫市的羅馬公社遺址、重新打造利勒柏納市的古劇院，如同羅馬皇帝朱利安②在巴黎及諾曼地附近建設多座城市。後來，橘倫郡這名字引起我注意，來這兒一看才發現此處周圍留存昔日軍事防禦圍牆的遺跡，我買下這塊地，並在小山丘這邊，一片斷垣殘壁間進行挖掘，也就是我們剛剛經過的位置，因而尋得這座古羅馬城中央的地下碉堡，主要是征服者用來藏匿武器及金銀財寶的秘密基地。」

「您都拿走了?」

「財寶嗎?當然。大約價值五十萬法郎的金砂,我分成三份,一份自己留著,一份給從前的地主,剩下一份捐給自治村。預審法官先生,此安排已獲得行政法院核准,完全符合規定,無可非議,我覺得自己比眞正的正派人士更誠實。接著談第二份職業城市規劃師吧!」

咕咕上尉挽著富維耶先生,帶他逛逛位於自己住處及河流間的這段貧民區區域。

「看起來完全不同了,」法官驚呼:「在我印象中越是骯髒、貧窮、糟糕的地方,反而變得越乾淨、整齊、景致迷人。」

「這都歸功於城市規劃!法官先生,相信我,在與痲瘋及罪惡為伍的地方創造新世界特別振奮人心,我在醜陋小鎮的廣場上,蓋了幾棟賞心悅目的房子,刷上漂亮鮮豔的油漆,而如今清爽的地面、巷道及人行道,當初可是擠滿以紙板勉強搭蓋的小屋,紙板塗了瀝青,牆面凹凸不平,甚至飄散著混雜泥水、果皮、糞便及動物屍體的怪味。我很高興能重新規劃巷道、修築整齊畫一的道路,並開挖筆直的渠道、運河、人行道,同時設置路燈、籌備電力網、種植綠樹、保留幾片空地興建公園、活動中心、露天音樂台及勞工住宅,住戶無須出示寫明期限的清償證明,那些證明將在您抽屜泛黃。」

「但這一切得花很多錢啊,上尉!」

「非常多,法官先生!」

「所以您很富有囉？」

「算挺富裕，法官先生！」

「錢夠用嗎？」

「不夠，即便我再有錢，也幾乎快破產了。」

「那怎麼辦？」

「就……用偷的囉。」

譯註：

①高盧羅馬時期：指在羅馬帝國統治時期下的高盧地區。高盧是指現今西歐的法國、比利時、義大利北部、荷蘭南部、瑞士西部和德國萊茵河西岸一帶。

②羅馬皇帝朱利安：朱利安（Julian，331-363年），羅馬帝國第六十三任皇帝。

chapter 6

奇怪的男人

「偷？」法官驚訝地反問。

「用其他名字，我有兩個身份，一是安德黑．沙維希，另一個是……」

「另一個是亞森．羅蘋。」法官接話。

「類似，」咕咕上尉承認：「亞森．羅蘋直屬警察局長下的特別部門，擔任技術顧問，也是內政部仰賴的考古學者和城市規劃師，同時擔任教育部及衛生局的講師，以及司法院內的德高望重人士……其生涯已劃下完美句點，對吧，預審法官先生？」

「我聽說羅蘋已經死了。」

「羅蘋或許死了，但我可沒有，在人生黃金時期死去未免太愚蠢。」

「他幾歲過世的？」

「四十歲，」安德黑・沙維希口氣冷淡：「剛滿四十，意氣風發，身兼兩三項工作，他做得很開心，錢也照偷……」

「但您卻沒錢？」

「我拿了金子，而且對外宣稱放置於地下碉堡的金粉數量，其實只有實際的一半。」

「您另有計畫及盤算了吧？」

「沒錯，非常完美的規劃。」

「所以包裹在您手上？」

「您這樣說真令我誠惶誠恐。」

「我們可以逮捕您，再派一整連工兵部隊開挖……」

「浪費時間罷了，就算逮捕我，我必能脫逃，再回頭討回我的財產，所以您千萬別逮捕我，貴單位長官也不會同意的。」

「預審法官沒有長官，上尉。」

法官一行人起身，凝神戒備，預審法官慢吞吞地說：

「如果我硬要逮捕您呢？您的社會地位、司法關係恐怕沒您想像的那麼穩固吧？我能證實您竊取價值七億的黃金藏於暗處，您不再是遙不可及、沒人敢攻擊的人物，我就敢，怎麼樣？」

上尉思索半晌，威脅迫在眉睫，他隨即前往地下碉堡，幾分鐘後帶來連接長條電話線的話機。他將話機遞給富維耶先生，說道：

「我打給警察局，接通了，局長先生正在線上等您。」

法官接起電話，沙維希則適時走遠迴避。

沒多久，富維耶先生來到上尉身邊，微笑以對：

「上尉，對方沒有提供我什麼關於您的情報，反而對您大力推崇、讚譽有加，說您的爲人及立下的功績，皆無人能及。戰爭期間您還保全摩洛哥①，而且……」

安德黑．沙維希搖搖頭：

「當時還有利奧泰元帥，您所謂的功績其實是他建立的。」

「元帥非常謙虛。」

「您也是，上尉，看來……」

「所以呢，法官先生？」

「所以，對方建議把您當盟友般信賴，您使命必達，而且方式穩妥合法，雖然乍看之下可能覺得古怪。」

「沒要您逮捕我？」

「根本沒談這問題，只討論如何讓您同意某件事。」

「什麼事？」

「歸還包裹！」

「還給誰，法官先生？法國銀行？還是英國銀行？」

「都不是，上尉，是還給獨排眾議、要求銀行空運包裹的人，他叫羅德·哈瑞騰。」

這時突然出現一位身材纖細健美的少年。

「什麼事，喬瑟飛？」

「您的信，上尉，村莊的男孩要我轉交給您。」

「天啊！」沙維希驚呼：「藍十字標記！事態嚴重！沒其他東西嗎，喬瑟飛？」

「沒有了，上尉。」

「好，你現在回家，請姊妹備妥午餐，等會兒經過時我會吃一點。快去吧。」

上尉將信原封不動收進口袋。

「上尉，您不看信嗎？」富維耶先生提醒。

「不用看也知道是恐嚇信。」

「針對您的？」

「針對羅蘋。」

「有人與您爲敵？」

「是有個英國人，對我恨之入骨，想盡辦法阻撓我的計畫。這人是厲害角色，無所不用其極想毀了我，還每天送一封恐嚇信來。」

「村莊裡誰替他工作？」

「謀殺三人組，老狐狸、普施咖啡和雙倍土耳其人，以及其他被三名惡徒吸收，跟著爲非作歹的傢伙。」

「我能幫忙嗎，上尉？我可以派三十人由您指揮，四十人、五十人也沒問題。」

「謝謝您，法官先生，不過我已有五百人，甚至上千人手。」

「但人呢？」

上尉挪動身旁枯樹的樹幹，一下就將樹幹翻面，變成一張舒適的長椅，他請富維耶先生來旁邊坐下。

「聽我說，法官先生，最好還是讓您更了解我一些，剛才已說明我考古學者及城市規劃師的身份。」

「我感興趣的是第三種身份：羅蘋。」

「我倒是一點興趣也沒有。」上尉笑著回答：「我受夠了，管他做什麼好事或壞事，我覺得這人很討厭、譁眾取寵，但願他能讓大家耳根清淨點！」

「不過您也做一樣的事……」

「當然，羅蘋藉由支持城市規劃師及考古學家的機會，提供資金，並實際投資鼓勵他們，這些專業人士無後顧之憂，自然能勇往直前。」

「他們合作無間？」

「考古學家、城市規劃師及羅蘋，三方各司其職，配合得很好。我還沒提第四樣身份，這個工作內容也很吸引人，就是教育家，教練也算。」

「剛才我已親眼目睹咕咕上尉在體育場的訓練過程。」

「很好。咕咕先生是教頭，我透過此身份學習管理成人及兒童。」

「所以算是教練？」

「或者稱小學老師、學監，其實都不太貼切。總之孩子們就像守紀律的大人般服從我，他們了解紀律的重要及高尚，我教他們公民道德、毅力、整潔、自尊，培養一些精神生活的概念。法官先生，您已見到這小世界的進步，多虧這些孩子，協助將道德觀念帶入家庭，我試著提升當地水準，解決酗酒問題，減少遊手好閒之人。現在，我創辦一所成人學校、一所女子學校，並依不同科別分組培訓。」

法官插嘴道：

「但這屬國家的事啊！」

「國家什麼都做不成。我自己可以付諸行動，落實想法。這些小搗蛋能受本人教化也算幸運。」

「簡直像下一位羅蘋。」

「他們不知道我眞實身份，我能吸引他們的原因，在於賦予他們最高尚的能力。這些人天生喜歡秩序、紀律、實踐，努力鍛鍊肌肉、意志、體力及膽識，我負責教他們這一切。另外，他們也樂於成爲秘密組織的成員，希望被選爲得以託付任務的戰士。昨晚我擊潰謀殺三人組後，十二個孩子接手幫忙綑綁惡徒，把他們拖到地下碉堡，您可想像孩子們有多驕傲。晚上十一點我通知這群勇士，午夜十二點，他們全到了，克羅施老爹也是他們綁的。這些人手在暗處工作，憑藉熱情、心細及堅持，完成我的計畫。」

「木牌上寫的『頭髮獵人』是什麼意思？」法官指著其中一塊告示牌問。

「某次貧民區一位年輕女孩遭人設計，受暴力所害，在孩子的幫忙下，我很快得知犯人身份，三天後，立刻上門討回公道。記得當天晚上，『頭髮獵人』闖進犯人房間，剃光他的頭髮、眉毛及鬍子，這傢伙狼狽不堪，成了眾人笑柄，更引起全村懷疑，他完全不敢見人。兩個月後，我們又教訓了另一個傢伙。這項行動將一直持續至我們確定每個人都受到保護爲止。對孩子來說，能成爲這樣的道德警察也非常有趣。我敢保證這群孩子擁有優越的情操，才能衍生如此信念，他們絕不會出賣彼此，您會說他們將長成下一個羅蘋，不，他們只會成爲一般男人及勇氣可嘉的男人。」

「是像您一樣的男人，上尉。」

「也對，只不過更正派、更光明磊落。我還得留著羅蘋的幌子，爲成就事業到處尋求資源。羅蘋負責供應金錢，羅蘋負責分配預算，羅蘋負責……假如我不偷，一切都會瓦解，再也沒有慈善家啦！」

「連情場浪子也成絕響，」富維耶先生笑道：「羅蘋的私生活可浪漫的呢！」

「是啊！」他大叫：「那可是驅動機器運轉最重要的發條，也是促成人達成理想、堅持信仰的重要動機……您倒是熟知我的習性。」

富維耶先生搖搖頭：

「對尚維里耶半島及朋騰中間這塊區域，您最好以平常心看待，別對赤貧、荒蕪的貧民區存太多期望。」

「這就是我來的原因之一，」上尉的回答有些感傷：「我發現此處困苦的生活正是我想要的，才被吸引過來。然而……」

「然而？」

「命運卻帶我往另一方向走。我曾在英國小住一段時間處理要事，期間結識一名年輕法國女子，是個高䠷金髮少女，容貌明豔動人、國色天香。我上前自我介紹，她是那種令人甘願付出一生的人，但我已沒資格這麼做，我不年輕了，何況還得隱姓埋名、藏匿行蹤。不過我還是跟著她回巴黎，待在她身邊，藉此監視她的敵人、保護她、爲她的幸福奔走。所以我才知道昨晚倫敦那邊派了郵務機運送百萬黃金，也知道黃金註定被偷，那些是她的嫁妝，我找回來，等會兒便全數歸還。」

此時響起鐘聲，上尉接著說：

「是磚廠的鐘聲，喬瑟飛同學通知十分鐘後，我的班級該上游泳及跳水課了。先走一步，預審法官先生。」

兩位男士互相握了手，富維耶先生再度提醒：

「上尉，您把那封信忘得一乾二淨了，但我仍然很好奇。」

「我一直放在心上。」沙維希已拿出信，拆開信封。

但才瞧一眼，上尉便氣急敗壞，將信揉成一團塞回口袋。

「混帳東西！」他怒罵。

「有麻煩了？」

「您自己看，預審法官先生。」

富維耶先生緊張地低聲讀信：

上尉：

您一定知道三十四號碼頭，我們打算約您今日正午在該處會面。您最好將昨晚從我們這兒偷走的包裹交出來，否則目前暫住帝勒斯城堡的美麗小姐恐怕將遭受可怕的侮辱。您大可衡量一下，要求您付點贖金捍衛大英帝國貴族、前印度總督女兒的名譽應該很值得……

富維耶先生還沒看完，上尉已對他揮舞手臂：

「預審法官先生，快去帝勒斯城堡通知珂拉小姐及邀請她前往的艾佛伯爵，希望她把自己關在房間別出來，希望僕人能提高警覺，但願沒人能闖入城堡，那裡總有些看門狗吧！」

「所以您相信信裡寫的蠢話？」

「寧可信其有！這些人辛苦監視我好幾星期，才打聽到昨晚失竊的黃金包裹被我拿走，他們認爲東西是他們的，現在不過是要求我歸還，試想，若不使出絕招，怎能逼我就範？這是前所未有的危機，這夥人恐怕膽大包天，實力雄厚，絕不會善罷干休。」

「上尉，我一樣可以提供援助，」富維耶先生插話：「只要派幾組警察前往三十四號碼頭，必能輕易逮捕您的敵人，如此，珂拉小姐免於傷害、包裹物歸原主、惡徒束手就擒，問題都解決了。」

上尉踩著方步，神情焦慮，怒火中燒。最後，他蹬腳大吼：

「不行，不行，不行！這方法太粗糙了。警察出面徒增匪徒戒心，危機或許暫時解除，但壞蛋仍逍遙法外。別派人去，相信我，他們只想要贖金……」

「那麼上尉，您有何計畫？」

羅蘋手插口袋回答：

「我沒有計畫，時機成熟前也不打算多想。法官先生，我拜託您別妨礙我，過多的干預只會讓事情更糟。」

「又來了，又來了，」富維耶先生回話：「總是拒絕警方協助……」

「我不需要幫忙。」

「但是珂拉小姐……」

「珂拉小姐……我絕不讓人搶走她的嫁妝，正午之約顯然是圈套，我們只能在中午前後嚴加戒備。有事可來塞納河邊找我，我得去瞧瞧那些孩子了，而且我還有任務交代喬瑟飛，得當面跟他說明細節。」

「您好像很擔心？」

「都是這些傢伙害的！他們爲何招惹我？究竟想從我身上得到什麼？我承認自己是摸黑找答案，對方八成正密謀某項可怕詭計，深怕我出手反擊，但到底密謀何事？是什麼力量煽動這些人作惡？我非弄清楚不可……」

富維耶先生動身前往帝勒斯城堡，上尉則慢慢穿越偌大的體育場，抵達塞納河畔。河流沿岸築有防波堤，可利用某處較平緩的斜坡爬上去，上方裝設了一塊大跳板，自防波堤向河面突出，底下是平靜的河水，上尉私人船隻的船尾甲板在左方緩緩出現。安德黑・沙維希站上甲板，前方有喬瑟飛，上尉吹起海螺，響亮的鳴聲傳遍整座半島平原，迴盪山谷之間，衝撞對面丘壑後送來回音。

孩子們從貧民區各個角落火速趕來，他們三步併作兩步通過體育場，攀爬防波堤平緩的石頭斜坡，扔下罩衫，接力跑上跳板，一頭跳進河裡，邊喊著：

「上尉萬歲！」

水面冒出好幾顆頭，像浮標般起伏，一番打鬧嬉戲後，才開始進行游泳比賽，現場氣氛熱烈，孩子們都很投入。

這時，富維耶先生來找沙維希上尉告知事情進展，他已通知艾佛伯爵徹夜監視，也請伯爵轉告珂拉小姐提高警覺。

「很好，」沙維希說：「謝謝。」

富維耶先生望著眼前景象低語：

「孩子們很喜歡您。」

「我更愛他們。這些孩子的本性尚未受到污染，從他們身上發掘的才能令您難以想像。」

一副又一副完美身形筆直瞄準目標，宛如射向空中的鏢槍般，依著相同的弧度及精準節奏，直衝入水渦，比賽一開始，所有選手皆卯足全力，希望別讓負責評分及分級的首領發現自己被人追趕過去。

「您認識每個孩子？」

「對，我知道所有人的姓名。游得好，尚・沙巴，」上尉喊道：「很好，小保羅。來，加罕，再多點力氣！跳水表現不賴，維法華。弗克洪，專心點！啊，非常棒，瑪麗・泰瑞絲，妳游得比男孩子好，放手游自由式，很好！追過去了。冠軍！」上尉在富維耶先生面前大力讚揚這位瑪麗・泰瑞絲：「您瞧瞧這彈力及體能，簡直媲美奧林匹克選手！」

這時，上尉突然抓緊同伴手臂，臉色蒼白，喃喃自語：「珂拉……珂拉・萊納……」

斜坡頂突然出現一名年輕女子，她褪去彩色羊毛罩衫，露出如雕像般完美的肩膀及修長纖細、線條優雅的雙腿，胴體在黑色絲質泳衣映襯下更顯雪白。女子躍入水中。

「頭先入水，」上尉出聲指導：「不然一定撞到。」

但太遲了！女子從高處一躍而下，右半身落水，只能伸手撐住身體。

她一浮出水面，立刻游往岸邊，抓著錨釘爬上岸，與安德黑・沙維希碰頭：

「抱歉，上尉。」

上尉急切地拉著女子問：

「妳見到艾佛了？」

「是的。」

「他提了恐嚇信的事？」

「對。」

「那是很嚴重的威脅，妳認爲誰有可能寫這樣的信？」

「我認爲是愛德蒙・奧克斯佛的秘書，此人陰險狡詐，是個僞君子，非常可疑。」

「妳太輕忽事情的嚴重性，不該隨便離開城堡的。」

「有你在，我什麼都不怕。」

「沒錯，無論發生什麼危險，就算我沒辦法遵照承諾及時伸出援手，妳也必須保持沉著直到最後一刻。」

「我明白。」

「妳可以做到不害怕？不焦慮？」

「我會冷靜到底。」

羅蘋望著年輕女孩，她微微一笑，美麗動人……自然不做作的模樣，非常純眞可愛！他接著說：

「快走吧，珂拉，千萬別丟了對我的信任。」

她快速游泳離去，這回，跳水姿勢完美優雅，勝過現場其他孩子。

「好美的女孩！」富維耶先生低語。

「喬瑟飛！」上尉喚著。

喬瑟飛前來。

「另一條河上行駛的是什麼船？」

「是汽艇，上尉，已經停在那兒好一陣子，今早才發動的。」

「船主是誰？」

「不知道，上尉。」

「你應該弄清楚的。」

「我去查，一小時後回報。」

「萬一等不了一小時呢？」

汽艇行駛速度極快，直衝塞納河中央，那兒有三百個孩子正在游泳。

「船邊有四個男人。」上尉發現。

接著，他喉頭一緊，結結巴巴道：

「我知道他們的目標。」

珂拉・萊納游在所有人前頭，上半身幾乎全露出水面，宛若美人魚般，金色秀髮在陽光下閃耀，好似一頂黃金頭盔。

「我游過去，首領。」喬瑟飛自告奮勇。

「別輕舉妄動！免得措手不及。」

「您不會措手不及的，首領。」

上尉放聲呼喊，聲如雷鳴：

「大家小心！面向汽艇！」

才一秒，訊息已傳遍河面，所有人手拉手轉向侵略者，群情激憤。孩子們似乎知道大難當前，他們應該冒著被突圍的危險，圍住美麗的水泉女神保護她……但珂拉卻往前，奮力游離努力圍住自己的圓圈。

上尉脫下多曼服②，潛入水中。

喬瑟飛發出驚呼，因爲汽艇已衝入幾個孩子聚集的位置，但他隨即放心大笑，那些孩子機伶地沉入水底，等汽艇經過才冒出頭。

叫罵咒罵聲四起，斥責朝攻擊者排山倒海而來，汽艇被逼得只得停下在原處打轉。潛入水底的還有珂拉・萊納，等她再次浮出水面時，已經離對著她咆哮怒罵、並想盡辦法接近她的敵人有一段距離。

如此也給了上尉時間趕到，他抓住汽艇大力搖晃，很快又潛入水裡。

這時其中一名長相猙獰兇惡的惡徒立刻持槍射擊，上尉身後濺起水花，對方連開三槍，甚至所有裝備都派上用場，此人似乎是最危險的角色。沙維希審慎評估後決定不戀棧，只是一轉頭，竟見船衝向年輕女孩，小心地靠近她。一個滿臉橫肉的男人彎腰貼近水面，另外兩個同夥拉著他的腰帶保持平衡，男人像捕捉獵物般一把抓住珂拉・萊納，將她抬起平放在船尾甲板上。

沙維希發狂怒吼。

那人甚至撫摸珂拉・萊納赤裸的雙腿及臂膀。

之後，他便眼睜睜看著船駛離。

船帶走年輕女孩，接下來該怎麼辦？

譯註：

①摩洛哥（Maroc）：位於非洲西北部的國家，是非洲與歐洲的重要交通要道。1912年時曾被法國佔領。1956年獲得獨立。

②多曼服（dolman）：軍服的一種。

chapter 7

救援行動

安德黑・沙維希回到防波堤時，喬瑟飛正趴在甲板上，持望遠鏡探看出事的水面，逐一檢視塞納河上的船隻。

「發現什麼了嗎，喬瑟飛？聽說你還笑得出來……」

「不止笑，上尉，」少年回答：「是捧腹大笑。」

「怎麼回事？」

「您沒瞧見剛才一團混戰時，有位同學抓住船舵？」

「男同學？」

「是女生，瑪麗・泰瑞絲・克羅施，我的孿生姊妹。這小鬼倒很有膽識！不曉得怎麼辦到的，如入無人之地。一小時後她會步行回來和我們會合，到時您就能知道壞人將美女俘虜帶去何處。」

「那也得這小可憐堅持到底……你確定她不會放棄？」

「當然不會！她雖還不滿十八歲，但泳技高超，像魚一樣靈活，就算爲首領喪命也再所不辭。」

「你認得船上的人？」

「我認得那個發號施令的，他是英國人，在附近晃蕩好一陣子了，一臉凶神惡煞。」

「什麼名字？」

「貧民區酒吧的人說他叫東尼・卡貝，好像是英國王子的秘書。」

「奧克斯佛王子？」

「對，就是他。」

「聽我說，喬瑟飛，你得忘了那些不重要的事，控制自己的情緒，別再想你妹妹有多英勇，只管記住我教你的東西，確實完成每件事。聽清楚，這很重要！現在你得一五一十、鉅細靡遺告訴我所有事，別加油添醋，我才知道如何計畫致勝。」

「知道了，上尉。」

喬瑟飛花了二十分鐘細述事情經過。

上尉先回磚廠吃午餐，這時克羅施老爹早已離去，大約吃了十五分鐘，磚廠湧進一堆孩子，克羅施家的孩子將蒼白、渾身發抖的瑪麗・泰瑞絲扶進來，她被船槳擊中，不得不逃離，儘管快意識不清，仍硬撐著游回來，再步行回家。

「有話要說嗎，瑪麗・泰瑞絲？」上尉問。

「沒有……我沿著島另一邊順流回來的。」

上尉緊緊抱著女孩。

「不要緊，小傢伙，別哭，妳很機靈。」

「但總之是搞砸了。」哥哥在一旁嘀咕。

安德黑・沙維希喝叱：

「喬瑟飛！你告訴我瑪麗・泰瑞絲奮勇追敵時，我早已放棄追船計畫對吧？」

「是的。」

「那就表示我有辦法解決，你還有什麼好質疑的？」

喬瑟飛低著頭，羞紅了臉。

「再十五分鐘就中午了，」沙維希提醒：「我得去三十四號碼頭了，別拖拖拉拉的，喬瑟飛。」

三十四號碼頭位於尚維里耶半島最前端，走大馬路可以到。對面環繞的島嶼名爲惡魔島，島上遍布高大樹叢，形成一片翠綠屏障。塞納河支流分隔河岸及島嶼，兩邊距離也不過十五公尺遠。但惡魔島的大樹枝葉太過濃密，從這頭根本無法看清島上動靜，也不見可通往另一邊河岸的四十二號碼頭。

富維耶先生領著五十幾名官兵守在離三十四號碼頭稍遠處的下游，他覺得還是找警察局長及員警一同前來比較保險。

「我早料到您會來，法官先生，還有您的人馬。我也做好萬全準備了！」上尉表示。

「我的職責是查扣並取回包裹。」法官說。

沙維希回嗆：

「那我只好全力反擊！」

安德黑・沙維希沒再多說，直接往體育場方向前進，還特別沿著有樹叢遮蔽的路線走。

教堂響起報時的鐘聲，有人拿著麥克風大聲宣達：

「正午了。」

時間過了五分鐘，又過了十分鐘，通往體育場的路上出現三個人影，竟是背著重物的謀殺三人組。

走最前頭的是雙倍土耳其人，距離約二十步遠，走路姿勢活像龐然怪物。他因背負一大袋東西，腰幾乎快折成兩半，不過恐怕也是因爲他曾被打斷雙腿，扭曲殘缺的雙腳令他舉步維艱。野獸般的臉孔留著灰色落腮鬍，像刺蝟的尖刺般蓬亂乾硬，看來更顯蠢笨，搖晃的雙臂幾乎快碰地，他好像快昏倒了。

但當他與同黨會合時，疲憊神情立刻一掃而空，甚至挺直腰桿，身上的重擔似乎不算什麼。同樣背著重物的老狐狸及普施咖啡，精疲力盡，勉強露出乾笑。

警察局長聽從富維耶指令，派人出擊：

「逮捕那三個罪犯，出動！」

結果員警全待在原地不動。

局長再次下令，口氣更加急迫。但不論大家如何想往前，就是動不了，他們覺得自己像樹木般被釘在地上，活像滑稽的假人。

「他們被綁住了。」預審法官低聲說：「你瞧，每個人的腿都被細繩纏住了。」

法官這才想起十五分鐘前，曾見過一群孩子在員警間跑來跑去。

「羅蘋那群孩子！」他出聲咒罵，也感到錯愕：「眞是討厭的傢伙！」

眾人連忙切斷細繩，局長拔出手槍。

「慢著，別開槍！」喬瑟飛大叫，緊緊抓住局長的手：「那是上尉安排的防禦措施。」

然而，惡魔島那邊突然降下一座山毛櫸做成的木橋，想追敵顯然已經來不及了，三名惡徒發出冷笑，快速過橋。

「上尉萬歲！」雙倍土耳其人學運動員那般立正站好，大聲譏諷。

木橋升起，一分鐘後，眾人聽到汽艇的馬達聲，員警們打算追過去。

「沒用的，」喬瑟飛阻止：「我們這邊沒搭橋，想穿越塞納河到對岸，只能靠惡魔島的木橋。」

他說的沒錯，怪不得那三人有恃無恐。

汽艇全速經過惡魔島，並在三百公尺遠處，右轉駛入某個小港口，再開到一座吊橋前，吊橋另一頭有座城堡，城堡主塔矗立於廢墟瓦礫及叢生的常春藤蔓間。

老狐狸高聲帶路，普施咖啡則忙著計算防波堤的距離，兩人何必如此慎重其事？難道想提供情報給某人……

兩人抵達主塔後，在小門前等待。

「兩位的包袱看來挺重，不如搭升降機上去吧！」站崗的僕從建議。

「沒這回事，」雙倍土耳其人笑道，仍舊走樓梯上去。

他三步併作兩步爬上三樓，一名長相兇惡的男子已等在那兒，正是喬瑟飛口中的卡貝。

「包裹嗎？」男子喜形於色，神情貪婪。

「全帶來了。」

「都給我放下，擺在那兩處牆腳邊，然後讓開。」

「讓開去哪兒？」老狐狸問。

「去主塔底下守著。雙倍土耳其人，你留下。萬一發生什麼意外，可以保護我。」

他關起房門，上了鎖，房間很大，擺著桌子及兩張小矮凳，房間底部另外開鑿了一間石室，裡面有張床，珂拉·萊納倒臥其上，上半身裹著罩衫，手腳都被綁在銅條上。

「雙倍土耳其人，到窗邊監視有誰經過，低頭找找有沒有我認識的。」卡貝吩咐。

接著，他靠近床鋪，珂拉雙眼緊閉，她還睡著嗎？卡貝伸手撫摸女孩赤裸的肩膀時，珂拉突然驚醒：

「不准碰我，無賴。」

卡貝意有所指地說：

「有個好消息，妳的贖金也在這兒。」

「所以能放我走？」

她試著坐起來，對方將她牢牢壓著，補了一句：

「只要再經過一個步驟妳就自由了。」

男子撲向珂拉想抱她。

「你瘋了！你瘋了！少痴心妄想，我不會就範的。」

「用不著妳同意，抵抗或反擊反而讓我更躍躍欲試。我所向無敵，根本不怕後果，這是過去數年從沒出現的機會，妳想我會放棄嗎？」

「我寧願死。」

「那也改變不了什麼，無論死活，妳美麗的雙唇都屬於我。」

美麗的雙唇竟然浮起微笑。

「態度放軟啦！」卡貝有些驚訝：「居然笑了，我保證不會讓妳難受，這可是愛之吻。」

「對沒愛意的女方來說就是難受。」

「妳可以想想心愛之人。」

「我誰都不愛。」

「妳明明就愛我表哥愛德蒙・奧克斯佛。」

「不。」

壞蛋表情開始扭曲：

「這麼說，妳愛的是沙維希上尉。愛他的女人，通常也信任他。」

「我的確相信他。」

「相信他會來救人？」

「沒錯。」

「妳覺得他能從哪兒進來？」

「他已經進來了。」

「他在這裡？」

「對。」

房間內側有道隔開凹室的深紅色牆，原本陽光總會經旁邊玻璃窗反射，灑滿整片牆面，剛剛局部牆面似乎有些轉暗，難道有人擋住光線？他冷笑：

「那是雙倍土耳其人。」

「不。」女子搖搖頭。

「妳親眼瞧見救星了？」

「是的。」

「眞感謝妳提醒我。」

他先大喊：

「雙倍土耳其人，留意上尉，他可能在現場。」

接著扼住年輕女孩項頸。一名男子竄出，施展拳擊術對雙倍土耳其進攻，雙方展開激戰。卡貝拉扯女孩的罩衫及床單、棉被，年輕女孩拚命抓緊，一邊痛罵：

「混蛋……叛徒……我要告訴愛德蒙王子！」

「我表哥？他不過是個傀儡，我叫他做什麼他就照辦。我只需說我是爲了保護妳不被外人傷害，他必定信以爲眞。」

這時，雙倍土耳其人被痛揍一頓，倒在地板上。說時遲那時快，來者已伸手掐住英國人脖子。

英國人用力掙脫，拔出手槍，結果手槍不但遭打落，連他自己也被擊中下巴。

「沒受傷吧，小姐？」上尉詢問正忙著整理衣衫的年輕女孩。

「沒有。」

「只受了點驚嚇？」

「也還好，我知道你一定會及時趕到，你怎麼進來的？」

「躲在其中一個裝黃金的袋子裡，讓雙倍土耳其人背進來的。」

兩人互相凝視許久，眼裡盡是柔情。女孩緊握上尉雙手，感覺對方已被自己吸引，上尉低頭親吻女孩雙唇，這吻令女孩全身酥軟倒回枕頭上，她說：

「朋友，快走吧！」

雙倍土耳其人恢復意識，沙維希扶他起來，說道：

「聽好，和你另外兩個同夥將包裹送還眞正的失主，帝勒斯城堡的艾佛伯爵。我會盯著你，你已完成喬瑟飛交代你的任務：運送袋子至碼頭，在你們三人相約見面的地方，將其中一個袋子掉包，換成藏我的袋子，背我一程。現在，只要再跑一趟帝勒斯城堡，我就會付你錢。我知道很累人，但報酬可是很優渥。一起來嗎，珂拉？恢復氣力了嗎？」

「早就恢復了。」

於是一行五人行經花園，通行無阻，步上田野小路。

chapter 8 不可能的愛

艾佛伯爵剛買下的帝勒斯城堡離體育場約十五分鐘路程，唯一通達的道路佈滿碎石，路況不佳，這條路與塞納河平行，順著走亦可通往左岸的碼頭。上尉沿此路抵達白天總是開啓的柵欄門前，直接來到主院一棟做爲車庫的獨立小屋，艾佛正在那兒檢查四輛車的輪胎。

「親愛的朋友，」沙維希打招呼：「我帶萊納小姐回來了，毫髮無傷，安然無恙。」

「那黃金的下落呢？」

「這就來了。」

沙維希指著跟在後頭的雙倍土耳其人和他兩個同夥，三人汗流浹背，看來已筋疲力竭，上尉解釋道：

「我找他們搬運。老狐狸，你知道那座從墓地改建，現在已不再種作的菜園嗎？」

「知道，上尉，我還知道從前在古聖柏尼法斯地下教堂上方搭建的那棟舊教堂。」

「去把袋子裡的東西放入地下教堂，這是鑰匙，不准偷走任何一塊金屬！」

「包在我身上，上尉，跟同行比起來，我們算誠實可靠了。」

於是這群誠實可靠的傢伙抬頭挺胸，雙眼炯炯有神，一臉剛正不阿地轉身出發。

「我該如何謝您，上尉？」艾佛說。

「無妨，我也是爲自己拼命。」

「是冀望什麼嗎？」伯爵問道，聲音有些乾啞。

「冀望這詞已從我字典裡消失，當人明白如何取得自己想要的東西時，就不需冀望。」

「那這次又爲了什麼？」

「爲了珂拉・萊納的幸福。」

「所謂的幸福是指？」

「就按照您的決定，與愛德蒙・奧克斯佛結婚，最後成爲皇后。」

「皇后？」

「對，珂拉・萊納將當上皇后。」

「至少等我答應王子再說。」聽到最後幾句話的珂拉如此回應。

而愛德蒙·奧克斯佛正準備走上門前樓梯。

「我五分鐘後去找您。」珂拉向他喊道，一邊轉身緊抓沙維希臂膀：「告訴我，爲什麼我會當皇后?你爲何要自作主張?」

她與上尉一塊兒走在塞納河沿岸美麗的椴樹小徑，午後時分的林蔭舒適寧靜，兩人一直到距城堡庭園百步之遙處，才找張石椅坐下，石椅旁邊有尊低頭俯視的花果女神雕像，對面則搭建了綠葉攀繞的大拱廊，他們凝望著潺潺水流。

「這裡是花果女神圓形廣場，從我來城堡的第一天，就成了我最愛的秘密基地。」她說。

此處隱密安靜，只聽得淺淺的水波輕擊礫石河岸的聲音，這樣的氛圍使他倆卸下心防，低聲談起平時不可能談的事。

「你眞希望我成爲皇后?」年輕女孩問。

「只要妳也這麼希望，我就絕對支持，怎麼，妳很驚訝嗎?」

女孩臉一紅：

「這麼說，你已經忘了?」

「我們的吻?那個吻已成爲我此生追求的標準，如此美夢叫我如何忘記!」

「我好訝異，像你這樣的男人竟任由回憶逝去，不曾試著扭轉美夢，我是說試著讓美夢成眞。」

「最美的夢，」他回答：「通常只更突顯人們沒有作夢權利的事實。」

她以上尉幾乎聽不見的音量喃喃自語：

「我將唇獻給了你。」

「那只是遭逢危難、歷經惡鬥恐慌後，一種表達感謝的方式，而非山盟海誓，妳不到一天就會後悔，甚至爲此感到丟臉也說不定。」

她起身靠近拱廊，俯身觀看低矮的玫瑰及牽牛花叢，當她返回坐下前，滿臉不服輸，她帶著嚴肅口吻，義正辭嚴地說：

「有時，我的確會因沒做某些事而後悔，但從未後悔已做過的事。我主動引你來身邊，接受你的吻，這都是我自願的，因爲再高尚的女人，某些時刻仍得主動獻出什麼……即便面對她不熟悉的男人。」

「我對妳而言可不是陌生人，珂拉。」

「你一直不是，你的體貼謹慎，我始終看在眼裡。」

「我很清楚妳的率眞及高貴，所以放手是很痛苦的抉擇。」

她態度激動，火冒三丈。

因爲她不是那種主動同意放棄的女人。靜默許久後，女孩再度走到河邊，當上尉跟上前時，她開口問道：

「請坦白告訴我，你是礙於自己的過去，才無法盡情實現夢想嗎？」

「凡像我這樣的人，多半會採取相同的做法，不讓自己擁有過多的幸福及太好的條件。」

女孩邊聽，邊摘了幾朵玫瑰及牽牛，她將花朵結成一束，別在上尉後背，接著說：

「所以，你建議我接受愛德蒙王子的求婚？」

「對，千百個同意。」他答得堅決。

「因爲你希望我成爲皇后？」

「沒錯，這是注定的，如果害妳當不成皇后我寧願死，我將傾全力助妳登上后位，妳生來就是皇后的命，我只管照看妳就對了。」

「別看我，朋友。閉上雙眼。」

上尉閉起眼睛，輕聲道：

「我看得更清楚了，我看見妳頭戴后冠，身披宮廷禮服。」

「那就吻我的手吧，親愛的子民。」

他雙膝跪地，拉起女子玉手，恭敬地親吻纖細靈巧的手指。

珂拉低頭望著他，有那麼幾秒鐘，她陷入悲傷與無言，彷彿來到不知該往何處去的十字路口。

遠處，愛德蒙·奧克斯佛站在帝勒斯林蔭大道的入口，珂拉朝他揮揮手，隨即趕去與他會合。

上尉仍坐在石椅上，一次也不願轉頭見證這對年輕情侶，只覺得度日如年，她同意訂婚了嗎？

等她重返綠蔭小徑，回到自己身邊時，上尉含糊地請求：

「珂拉，珂拉，我需要安慰。」

但好半晌女方才回答：

「你這種男人不需要慰藉，你有自己就夠了。」

「珂拉，給我點安慰吧！」

「我要怎麼安慰？還有什麼好說？」

「給我妳的唇。」

她立刻跳腳：

「不，不行！」

「妳不是給過我嗎？」

「那時我還沒訂婚。現在，我必須忠於婚約，我明白未婚妻的本分，也非常重視，如同我重視自己身爲女人該盡的責任一般。朋友，你無權抱怨，既然我已答應愛德蒙·奧克斯佛，你只需說聲再見即可。」

「再見，對我來說，等於再也無法相見。」

「不，朋友，我們之間不說再見，我也不允許你我永不相見或分離，奧克斯佛亦能體諒。」

「他接受？」

「我倆需要你的支持、保護及協助，而你，朋友，同樣需要我的幫忙。」

「我？」

「是，你已無法主宰自己的人生，因爲太沉重的過往令你麻木，感受不到我正等你說：『珂拉，做我的女人。』你成了往事的奴隸，任何事物都阻擋不了你求解脫的心。」

「怎麼說？」

此時，女孩忽然話鋒一轉，緊握他的手，令上尉大感詫異，對方直盯著他問：

「你是不是非常富有？」

「嗯，超乎想像。」

「聽說前陣子，你在非洲的某些事業總資產達一百至一百二十億法郎，是眞的嗎？」

「眞的，當時資產規模大幅成長。」

「錢都鎖在銀行保險箱嗎？」

「現在都藏在地底了，妳怎麼突然問起這個？」

「我想你能完成那些大規模且具效益的計劃，總得具備一定的財力。」

「妳還不清楚我如何利用這些資產，聽著，明天和我一塊兒去地下碉堡，我約了人五點見面，妳應該會對我們談話內容感興趣，也能因此得知更多詳情，要來嗎？」

「好的。」

約定後，兩人各自離去。

chapter 9

敵人現形

沙維希心情持續低落，珂拉跟了別的男人，而這男人不爲人知的身份又是自己永遠無法突破的藩籬。

他慢慢走上帝勒斯林蔭大道，在庭園的大門遇見喬瑟飛，上尉誇讚：

「做得好，小傢伙，一切順利，你表現得非常出色，現在情況如何？那三個謀殺犯已經把袋子裡的東西全倒進地下教堂了嗎？」

「是的，首領。」

「沒有順手牽羊？」

「沒有。」

「地下教堂的鑰匙呢？」

「在我這兒，首領。」

「那三個傢伙都離開了？」

「對，他們一起穿越體育場，去了貧民區酒吧。」

「很好，你怎麼還愁容滿面？發生什麼事了？」

「我需要您幫忙，首領。情況已超出我能力範圍。」

「儘管說。」

「克羅施爸爸正好在貧民區酒吧喝酒，便帶了那三人回磚廠的家。他有點醉意，一回家就拿妹妹瑪麗・泰瑞絲出氣，那天的事他還耿耿於懷，所以扯下瑪麗的上衣，逼她跪在地上，準備打她一頓。而且故意安排三名惡徒待在樓上走廊，當著那群人面前作惡。我趕到現場時，他正抬起臂膀，見到我便故意譏諷：『你來觀賞啦，喬瑟飛……這回，我可是有備而來，雙倍土耳其人和我朋友都在樓上，荷槍實彈，你敢輕舉妄動，他們立刻開槍。朋友們，準備好了吧？用不著手下留情，今天先解決這些小鬼，然後再來收拾害我們栽跟斗的上尉，竟敢偷走我們那份。』說罷，他再度舉高手臂，揮動棍子，抽打瑪麗・泰瑞絲背部，妹妹體力尚未恢復，一度踉蹌失去平衡，但隨即站穩，她默默承受，反而是我忍不住大叫。她雙手抱胸，盡量別讓人看到她的身體，儘管臉色發白，仍毫無懼色盯著父親，努力擠出笑容，只是從她的眼神就知道她嚇壞了。『這丫頭在打量我，』他火冒三丈：『裝什麼修養？跟她媽一個樣。喬瑟飛，去排在她後面，我兩個一起打，快去，乖寶寶。我要報一箭之仇，不願意？欸，上面的，對他開槍！開槍，天殺的！今天一定要做個了斷，等下輪到羅蘋，否則，咱們永無寧日。一、二、三，開槍！』接著傳來兩聲槍響，子彈落在我頭部左右兩側的牆上，所以我逃了，首領，我實在無能爲力，我保護不了自己，也保護不了弟妹。」

上尉立刻往磚廠跑，一邊交代：

「大步跑，快。」

兩人擺動雙手飛奔，沒多久，上尉發覺喬瑟飛哭了。

「我是懦夫，竟然臨陣脫逃。」

「你是不得已，喬瑟飛，況且，待在原處被毒打也於事無補。以你的年紀，哪有力氣反抗，你還太小，沒辦法逼這些大傢伙就範。」

「那到底該怎麼做，首領？我又沒有武器。」

「我也沒有，但這點恰好能阻止我求快而急躁。最重要的武器是冷靜，臨危不亂能抵任何武器，效果等同刀槍不入的盔甲，足以震懾敵人……也許敵人仍想攻擊，但會開始忌憚反擊的威力，甚至覺得反擊一方已勝過攻擊一方。至於盔甲從哪兒來？又如何製造？……想培養強健體能與堅毅性格，至少需二十五年的時間，透過適當方式鍛鍊，但法國的教育非常愚蠢，說是培育心性，結果把人訓練成老頑固，如鋼鐵般冷漠無情，像把斧頭般逞兇鬥狠。」

兩人抵達磚廠。

「跟在我後頭，盡量別被發現，否則那些人勢必會瞄準你，如同網球雙打賽，大家往往會猛攻對手裡球技較弱的那一位。」

上尉撿起一塊大石頭敲了三次門：

「本人依法命令你們開門！」

屋內的聲音戛然而止，安靜了好一陣子，才傳來克羅施老爹的嘀咕：

「什麼玩意兒？」

「警察局長及警察，開門！」

羅蘋轉動門把，門沒上鎖，也無門閂，他進去後厲聲道：

「我是咕咕上尉！」

「警察呢？」

「我一個人就夠了。」他回答。

「對他開槍！快開槍！」老爹扯著嘶啞的嗓音指示。

安德黑・沙維希三兩下便登上樓，指著三人喝令：

「誰敢動我就對誰不客氣。」

敵人依舊開了槍。上尉立刻跳到雙倍土耳其人背上，對方痛苦哀嚎，跪地求饒，右手腕已如破布般癱軟垂落。

「卑鄙東西！」壞蛋痛到話都說不清楚：「拿鐵釘刺我。」

「不是鐵釘，」上尉糾正：「是針。沒看過鋼環嗎？你們都不知道這種東西啊？那拳頭總認得了吧？你另外兩位朋友的臉，我已經各揍一拳，砰！砰！他們重心不穩，翻身倒在椅子上了。」

「再叫人開槍射我啊！小綿羊。」沙維希冷笑，好整以暇下樓。

惡徒嚴陣以待，樓下的克羅施老爹擋在上尉面前，拿槍對著他，卻被一腳踢中手腕，手槍落地。

一下子就被擊潰的克羅施不再抵抗，反而緊抓上尉手臂哀求：

「您叫我怎麼好活，上尉？您對我做了那麼過份的事……」

「我？」

「是啊！我家七個孩子裡，有兩個可能是您的，喬瑟飛和瑪麗・泰瑞絲，您以爲我不知情嗎？」

「是有可能，但不確定！不管怎麼說你還有五個孩子啊。」

「我只愛那兩個，卻也恨他們。」

「你要多少錢？」

「我不賣孩子，給我點撫養費即可。」

「你倒精打細算！撫養費外加繼續責打他們的權利？」

「完全正確。」

沙維希轉身對兩個孩子說：

「喬瑟飛，瑪麗・泰瑞絲，親愛的，去收行李，跟我走。」

「不會吧！您眞要帶我們兩個走？」

「當然，我不會把你們留給畜生。」

兩個孩子興奮雀躍，開心尖叫。

「同意吧，克羅施！我散盡家財也要帶他們走，以後每個月，你簽一張五百法郎的收據給我。」

「五百？成交。不過……我心都碎了，我很愛他們的。」

「等你荷包滿滿，很快就忘了啦，對吧，老酒鬼？」

孩子已經背著行李跑來。

「不抱一下再走？」克羅施虛情假意問道。

「當然，樂意至極。」

瑪麗・泰瑞絲跳到沙維希身上，雙手環繞上尉項頸。

「所以，以後您是我爸爸，上尉，是親生爸爸嗎？怪不得我特別喜歡您！但我可以對別人說您是我爸爸嗎？」

「千萬別說！這事還沒證實，而且妳會害克羅施遭人笑話，妳就說是我聘僱的女管家兼打字員……」

「這些我都不會啊！」

「學就會了，從現在起，得開始習慣自食其力的生活。」

離開磚廠後，沙維希表示：

「喬瑟飛，你像我一樣睡吊床，瑪麗·泰瑞絲，我們會幫妳在地下碉堡弄個夾層。」

「太好了，首領，這樣克羅施就無法騷擾我了。」

「妳還怕他？」

「他老是打我，因爲我從不讓他摟抱。」

「可憐的女孩！……無論如何，今晚我們三人先一起住帝勒斯城堡。我受邀參加珂拉·萊納及奧克斯佛王子的訂婚典禮，我們倆找間鋪著乾草的穀倉應該不成問題，自然也能給丫頭找張床。」

「眞是莫名其妙的婚姻，」喬瑟飛嘀咕：「您也贊同嗎，首領？」

「是我促成的。等會兒你去幫我拿禮服、白色背心、白色領帶和漆皮皮鞋，東西都在行李箱，然後再回來會合。」

孩子們像小狗一樣蹦蹦跳跳，繞著上尉歡呼尖叫，上尉不時得停下制止，順便開導：

「你們仍得提高警覺，懂嗎？我覺得危機還沒解除，任何風吹草動都要留意，我會好好活著，有你們保護，更讓我安心。」

帝勒斯城堡是興建於法王路易．菲利普①時代的狹長建築，以大片石材搭造，曾擴建塔樓、露台及附屬建築，整棟建築清一色灰泥粉刷，呈現獨特的一致性。

側邊獨立屋舍是王子、僕從及秘書東尼．卡貝的住房。客廳、餐廳位於主屋，樓上則是艾佛伯爵與珂拉的臥室。城堡管家領著上尉來到位於一樓最內側的客房，一樓還有廚房及員工休息室。沿著附屬建築，可通往高聳的城堡主樓，那其實是座廢棄的鴿樓。

賓客陸續湧入客廳，來者多半是艾佛巴黎的朋友或附近友人，艾佛伯爵迫不及待為年輕女孩與奧克斯佛王子舉行正式訂婚儀式，打算一併在當晚宴請親朋好友。

待安德黑．沙維希現身，其優雅從容的貴族氣息再度引起騷動。席間，他風趣詼諧、品味非凡的談吐成為眾人焦點，熱情開朗的上尉，努力迎合每個人，尤其想讓珂拉開心，希望珂拉相信自己只想好好恭喜她。

卡貝秘書不發一語。而站在他及奧克斯佛王子中間的珂拉，從頭到尾只顧著上尉的動靜。

「小心點，首領，」沙維希在前廳遇見喬瑟飛，他悄聲提醒：「對方大概在城堡部署了三十到四十人。」

「很好，你去幫我辦件事……」

「沒問題，首領，」孩子語氣肯定：「我都準備好了。」

「瑪麗・泰瑞絲呢？」

「她也一樣，我們已做好萬全準備。」

「這樣我就放心了！」

沙維希和卡貝於吸煙室抽菸時，雖然就在身旁，彼此卻未交談，直到所有賓客離去，珂拉及艾佛伯爵也穿過長廊回自己房間後，東尼・卡貝才突然擋在沙維希房門口，不讓他進去。

「我有重要事跟您談談，上尉。」

「我們之間，」沙維希回應：「每件事都很重要。」

「什麼意思？」

「因爲那位女士，我們愛上同一個女人！」

「您已用行動證明了，上尉，還粗魯得很。」

「誰叫有人逼我動粗？」

「結果倒讓另一位也愛珂拉的傢伙坐收漁翁之利，幸好有他，省得我們繼續僵持不下。」

「我是心甘情願幫他的。」上尉說。

「他們的婚姻我也策劃十年了。」

「您為何如此汲汲營營追逐私欲？」

「這是奧克斯佛欠我的。」

「您都沒欠他？」

「沒有，我不欠任何人。」

「也不欠我嗎？」

「您？欠砍您一刀吧！我再擇日奉還。不過，我捨不得這麼做，因為你我都屬於有自知之明的人。」

「我不認為。」

「您對我說的話存有偏見？」

「不，是厭惡。」

「沒來由的厭惡嗎？您總有一天會同意的。」

「憑什麼？」

「聽我說。」

卡貝點起菸。臥房門口離沙維希還有約三或四公尺遠，他只得繼續待在走廊，上尉仔細端詳卡貝，他一副興致勃勃的樣子，粗獷的外貌給人精力旺盛的印象，成功轉移此人天性內向的事實，這樣的本性沙維希已不只感受到一次。卡貝有一雙鐵青色的眼睛，上唇因嚴重外翻，總是露出白森森的左犬齒。這人自恃甚高，不屑欺騙。而且安德黑．沙維希還得知此人出身低微，父親是馬夫，母親是妓女，這種背景讓他在社交圈過得很辛苦，也造就他淨碰些骯髒勾當，跟搶匪沒兩樣。

他繼續道：

「聽我說，我就是所謂白手起家之人，什麼事都自己來，無論教養、學業、工作、社交圈的地位、體格、反應或健康，全靠我一手建立。我也因此闖出名號，二十年前，未經他人介紹及推薦，即獲選爲愛德蒙王子的教師，負責教導他拳擊、馬術、陪他旅行等等。那傢伙原來是個蠢蛋，不受家族重視，是我將他塑造成善良、正直、身強體壯的紳士，使他與社交圈打交道時得體大方，而他也懂得維持我替他儲備的力量，是我激發他的野心，當然也是我自己的野心。」

「您到底要什麼？」

「擁戴他爲王，而我，則成爲幕後掌權者。」

「機會很小，當今國王的兄弟仍健在。」

「他只有大不列顛王國。而我掌握了十個待價而沽或準備出價購買國土的國家。我這人有謀略，而且沒良心。」

「恭喜，沒良心是關鍵特質，萬一遇到困難，您絕對斬草除根。」

「到目前爲止，我遇過四次難關，其中三次都解決了。」

「那第四次呢？」

「就是您。」

「唉呀！那您麻煩大了。」

「我知道，我替福洛克・夏爾摩斯②工作過，他曾說：『假如有一天您得與亞森・羅蘋對決，勸您直接打退堂鼓，他一定會先下手爲強。』。」

沙維希鞠躬道：

「過獎，所以呢？」

「我花錢買您。」

「這話眞沒禮貌，計畫也很蠢，我比您有錢耶！」

「或許比我富有，」他說：「卻比不過大英帝國。」

「您可代表英國？」

「有可能……」

「您希望我怎麼做？」安德黑・沙維希問：「還有，英國政府在此事又扮演什麼角色？」

卡貝沉默，似乎有些爲難。最後，他客氣表示：

「我們需要您的合作。」

「合作什麼？」

「呃……這很複雜……」

「那究竟是什麼？快說！我討厭打啞謎。」

「這麼說好了，其實，我很關心國家的發展及利益，只是有些規劃仍待調整，不會一成不變。希望您能答應與我們合作，不然至少保持中立也行。」

上尉聳聳肩：

「還是很籠統神秘，」他嘲諷道：「您想我敢參加這種語焉不詳的計畫嗎？甚至連個輪廓也說不清……」

「這……我怕透露太多內情，萬一最後您拒絕同盟，恐怕會有生命危險哪！」

「我現在就拒絕加入，我喜歡清楚明瞭，像您這種人狗嘴吐不出象牙。」

英國人拔出手槍，沙維希見狀哈哈大笑：

「福洛克．夏爾摩斯沒跟您提到，凡面對危險的談判場合，若沒預先卸除會談者武力，我絕不赴約嗎？」

「五分鐘前我剛在臥房裡重新裝填彈藥，臥房只有我一個人。」

「但那是有問題的子彈，裡面沒火藥。」

卡貝惱羞成怒：

「等開槍就知道。」

「隨便您。」

「上吧，兄弟！」英國人吆喝，揮手召來同黨，集結走廊。

二十個傢伙手持槍械，同時扣下扳機，喀嗒聲此起彼落，卻無半聲槍響，也沒聽見咻咻的子彈聲。

「有沒有發現我沒下任何指令，這都是我的年輕朋友察覺情況有異，才按照我的辦事原則，先在您的武器上動手腳。」

「恐怕百密仍有一疏。」卡貝不甘示弱。

果然，敵人抽出刀子，包抄上尉。

「省省吧！」上尉笑著：「刀子碰上白朗寧手槍可不中用。」

「你沒手槍，一小時前你兩邊口袋我都翻過清空了。」

「想不到我秘書忘了給我準備一把。」

這時，走廊上方老舊的天花板橫樑某處突然鬆脫，開口處降下一條綁著白朗寧手槍的繩子，不偏不倚落於上尉正前方，他立刻奪槍瞄準敵人。

第一槍，有人倒地，其他人見狀落荒而逃。等沙維希試著開啓臥室房門時，其中幾個又回頭來到他身後。

卡貝幸災樂禍：

「鎖住了，你怎沒料到這點？」

「有人替我料到了，稍安勿躁。」

果眞傳來鑰匙開門的嘎吱聲，門把開始轉動，接著門便開了。

「瑪麗・泰瑞絲！」一見這瘦弱蒼白的年輕女孩，他不禁喜出望外，發出驚呼。

兩人急忙閃身入內，將門緊緊鎖上，門外惡徒則用力敲打房門。

「再這樣敲個十分鐘，門就壞了。」上尉說。

「您可以從窗戶離開，到時早走得遠了。」

「不行，外頭裝了鐵窗。」

「那怎麼辦？」

「走這邊。」喬瑟飛打開藏在掛毯後方的壁櫥，那是秘道入口，三人步下階梯。

走到一半，安德黑・沙維希輕輕摟著瑪麗・泰瑞絲：

「妳救了我，」他說：「妳和喬瑟飛是如何辦到的？」

「首領，克羅施老爹第六任妻子是個骯髒、低俗的醜八怪，大家都叫她蛞蝓，您耳聞過吧？兩年前她失蹤了，自然是被克羅施打跑的，而我竟然在城堡找到她，她是廚師助理。此番幫了大忙，因爲從前我總護著她，偷藏食物給她吃，否則她早餓死了。有段時間您常去磚廠，所以她也認得您，她告訴我樓梯的位置，也告知喬瑟飛天花板有活門。」

「她做得很好，」喬瑟飛接話：「還帶我去東尼・卡貝的臥室，我準備當一下頭髮獵人。」

隔日，早餐鈴響起時，沙維希來到餐廳，十分鐘後，東尼・卡貝也走進餐廳，迎接他的卻是滿室訕笑，只見他頂著一顆頭皮清晰可見的大光頭，連鬍子、眉毛、睫毛都剃光了。

他氣急敗壞，對著沙維希揮拳咆哮：

「我要你拿命來賠。」

「怎麼回事，卡貝？」愛德蒙・奧克斯佛問道：「誰給您剃成光頭的？這造型不適合您！」

同樣受邀出席婚宴，且留宿一晚的富維耶法官低聲向艾佛伯爵解釋：

「恐怕是上尉朋友做的。我曾聽他說，他學生裡有一組人負責剃光那些侵犯女性貞潔的人渣毛髮，尤其不放過欺負年輕少女的傢伙。卡貝先生必定犯了類似的卑鄙罪行，才會受到懲罰……」

一旁的愛德蒙・奧克斯佛也聽到了。

「這是惡意中傷，殿下。」卡貝喊冤。

沙維希插話：

「您說謊，先生。我親眼目睹昨天上午發生的侵犯事件，您綁架萊納小姐，將她送往惡魔島城堡。」

「我的未婚妻！」奧克斯佛王子激動大叫。

「對，陛下，我就當著您未婚妻的面，公開控訴這個混蛋。」

奧克斯佛王子仍不相信：

「不可能，對吧，卡貝？快爲自己說句話啊，該死！」

「既是沙維希出面指控，我沒什麼好辯解，陛下。」

王子生氣地撲向卡貝，珂拉連忙擋在兩人之間：

「陛下，我認爲，我是唯一有資格評論東尼·卡貝的行爲，也是唯一能控訴或鄙視他的人。我請求您別太看重此事，這不值得您費心。」

王子猶豫許久才做出決定：

「珂拉，我明白妳的意思。卡貝是忠誠的伙伴，我很驚訝遭他背叛，此事到此爲止，別再提了。」

「是的，陛下，別再提了，」沙維希一鞠躬表示同意：「東尼·卡貝和我之間的問題改天再解決。」

「而我和他的問題已經解決了！」奧克斯佛王子斬釘截鐵：「卡貝是我的朋友。」

站在珂拉身後的艾佛伯爵小聲問她：

「指控是眞的，對吧？」

「是，但我不想讓全世界都知道我受人冒犯。不過，既然卡貝將繼續住在您屋簷下，爲求謹慎，我認爲自己最好離開城堡幾個禮拜，避免此人挾怨報復。」

「奧克斯佛的意思呢？」

「他也這麼想，我會跟他說將找個朋友一同乘轎車旅行。」

「妳還是會嫁給他吧？」

珂拉故意看一眼安德黑・沙維希。

「當然，」她回答：「既然上尉希望我嫁給他，就算有東尼・卡貝的威脅，我仍然會嫁。」

安德黑・沙維希雖知此話衝著自己而來，卻不急著回應，他臉色凝重，沉思許久後才低聲表示：

「妳說得有理，珂拉。爲保險起見，還是離開得好，因爲我相信攻擊尚未結束，我陪妳坐車去巴黎，途中再來討論該怎麼做。」

譯註：

①路易・菲利普：即路易・菲利浦一世（Louis-Philippe Ier，1773年-1850年），法國國王（1830-1848年）。又稱「路易腓力」。

②福洛克・夏爾摩斯：福洛克・夏爾摩斯（Herlock Sholmès）是將英國著名偵探夏洛克・福爾摩斯（Sherlock Holmes）的名字字首對調，暗指夏洛克・福爾摩斯。

chapter 10 羅蘋的財富

珂拉·萊納與安德黑·沙維希決定仍在帝勒斯城堡用午餐，這一頓飯太平無事，東尼·卡貝雖列席，卻沒說半句話。

餐後，珂拉規劃出發的細節。艾佛伯爵安排他旗下一輛座車及司機，由沙維希上尉陪同，送珂拉前往巴黎。珂拉備妥行李後，便向奧克斯佛王子辭行，王子十分體貼，同意未婚妻出門旅行，什麼時候回來都沒關係。

沙維希這廂則與喬瑟飛、瑪麗·泰瑞絲碰頭，他倆正忙著偵察城堡附近有無可疑人事。

「孩子，我有重要任務交代你們，嚴密監控東尼·卡貝的一舉一動，他若離開，就跟蹤他，若他與陌生人會面，你們就兵分二路，一人負責跟蹤陌生人，另一個繼續盯梢卡貝，懂嗎？」

「好，首領。萬一有消息，我們如何通知您？」

「無論何時，只要得到任何情報，立刻來巴黎找我，一起來或分別來皆可，地址在這兒。」

他交給兩人一張記載完整聯絡方式的卡片，接著又說：

「我需要你們幫我守著這個地方。」

兩人火速離去，商討對策。

大約下午四點，珂拉與沙維希離開帝勒斯城堡，啓程前往巴黎。

「別忘了妳答應和我一塊兒去地下碉堡，」沙維希說：「五點鐘，我約了妳也有興趣認識的人見面，就是鼎鼎有名的學者亞歷山大・皮耶。」

「我記得，你吩咐司機該怎麼走吧！」

他們拐個彎，車子停在地下碉堡不遠處，兩人下車步行前往。進入碉堡後，她走進一處大型地道，地道筆直，約長三百公尺，上方氣窗透進陽光，地底仍十分明亮。他們抵達第一間石室，看來有點像教堂，內室中央有一長柱支撐，從此處亦可通往別條通道。

「這兒就是你藏錢的地方？」珂拉頗爲驚異。

「只放了部分合法取得的金粉，不過是零頭罷了，其餘的財寶分別放置各處，主要在埃特達的空心針岩①、漲潮線區的河裡②及諾曼地科區的修道院③，分散藏放比較安全。對有心人而言，銀行現金太好偷了，我個人就偏好黃金和寶石。這些錢讓妳寢食難安嗎？」

「對，這麼一大筆財富，我有點嚇到……無論如何，若你愛上一名女子，應該不會在乎她是否繼承可觀的遺產，也不會依有無遺產決定是否結婚，或像奧克斯佛王子那般卑劣，因政治因素成婚吧？」

「像我這種男人，沒有結婚的問題。」沙維希硬生生打斷問話：「人生包袱太重，我注定孤獨。」

珂拉很快望了他一眼，不再多說。

他們離開四通八達的地道，在外頭找到亞歷山大・皮耶。這位先生身材高大，留著白色山羊鬍，沙維希很快互相介紹，他是在英國宮廷認識亞歷山大的，當時這位學者正準備前往非洲，實現利用深海洋流熱力的偉大科學計畫。

「結果，」他問：「您成功了嗎，亞歷山大・皮耶先生？」

「不，失敗了。我有一千五百萬的存款，頭幾次試驗便花光所有積蓄，只得打道回府。」

「難道您在非洲幾個大城市，找不出幾位熱中科學、願意放手一搏的朋友資助您嗎？」

「半個都沒有。」

「眞丟人。竟讓學者爲這些枝微末節的問題操心！」

「枝微末節……往往也是最關鍵的。」

「假如我願意提供您所需的資助呢？」

亞歷山大・皮耶揮揮手，坦然一笑：

「您支助不了那麼多。」

「一百五十億夠嗎？」上尉平靜地問。

「您開玩笑嗎？」

「千眞萬確，我拿得出來。只是我無法立刻簽支票取得您信服，因爲我銀行存款很少，不夠支付票款，不過我能用最快速度兌換手上的財寶，兩週後先奉上第一筆十億現金，餘款每兩週固定送一筆，因爲我需要點時間變賣寶石及運送金條……」

「我在作夢吧！」學者欣喜若狂：「眞不知如何謝您，太棒了！」

珂拉靜靜在旁觀看這一幕，等亞歷山大・皮耶離去，她感動地湊上前，輕聲對沙維希說：

「我懂了，朋友。該謝你的人是我！」

譯註：

①埃特達（Étretat）的空心針岩：關於空心針岩的故事，請翻閱亞森・羅蘋冒險系列04《奇巖城》。（*L'Aiguille creuse*）

②漲潮線區：關於漲潮線區的故事，請翻閱亞森・羅蘋冒險系列15《古堡驚魂》（*La Barre-y-va*）。

③諾曼地科區：關於諾曼地科區的故事，請翻閱亞森・羅蘋冒險系列20《魔女與羅蘋》（*La Comtesse de Cagliostro*）。

跟蹤

chapter 11

自沙維希上尉交付喬瑟飛及瑪麗・泰瑞絲跟蹤東尼・卡貝的任務後，兩人便聚在一塊兒思索達成任務的辦法。

首領願意委以他們重任，兩人自覺非常光彩，希望能以完美的計畫及無畏的執行力證明自己的價值。而且，經過帝勒斯城堡發生的幾起嚴重事件，兩人更明白此次行動非同小可，已關係到安德黑・沙維希的安危

因此，他們格外小心擬定計畫，設想各種可能面對的情形，希望盡量減少突發狀況。

「分頭行動時，」上尉曾教他們：「最忌亂無章法及人爲失誤，因此，每個人都必須清楚了解指令，熟記會合地點。」

當務之急是決定會合地點，喬瑟飛在某本小冊子的內頁抄寫一處巴黎的地址交給妹妹，那兒就是兩人晚上集合之處。

「不論何時，」他叮囑：「也不管共同行動或單獨行動，只要獲取任何情報就得回此地通報。這應該是上尉在巴黎的住所，至少今天會在。記住他說需要我們，若我們因某個無法預期的原因分散，別浪費時間等我，用妳知道的辦法，立刻離開。妳認得往巴黎的方向，只要照著路線走，找到正確地址並不難，妳不笨，對吧！等會兒我們先回帝勒斯城堡的廚房商討大計。身上有錢嗎？萬一妳得單獨前往巴黎，錢很重要。」

「我倒光撲滿，有五十幾法郎。」瑪麗・泰瑞絲驕傲地說。

「那就好！我也是。」喬瑟飛點了一下錢包後回答：「我還帶槍……妳帶了我給妳的那把嗎？世事難料……」

「帶了，在我上衣口袋。」

「如此裝備應該妥當了。」

兩個孩子返回城堡，由於沙維希上尉曾帶他們來，門房認得兩人，因此沒特別盤查便放行了。

「開始計畫一。」喬瑟飛慎重宣布。

他們溜進辦公室，對著釘在牆上的大面積彩色紙張，有點吃力地仔細研究路線。

這個時間，僕人們忙著準備茶點，不會干涉他們，但瑪麗・泰瑞絲故意攔住忙得團團轉的管家，假裝好奇，若無其事地問道：

「餐廳很多人等著您張羅餐點嗎？」

「沒有，不像昨天那麼多人了！現在只剩伯爵、那位傻奧克斯佛王子以及可惡的卡貝……」

「啊！卡貝先生也在？我看他根本不怕頂著那顆光頭出門，太滑稽了！」

「喔，他是準備出門沒錯，完全沒任何顧慮，他說有急事趕著外出，我才這麼手忙腳亂，恐怕還是有點趕不及，眞是討厭的傢伙……」

年輕女孩已得到需要的訊息，若情報屬實，原先打算躲在卡貝房間監視他的計畫看來是無用武之地。管家開始高談闊論咕咕上尉及被他稱爲「華麗母雞」的珂拉相偕離開一事，女孩想辦法脫身後，急忙到外頭與哥哥會合，告知剛聽來的消息。

「做得好，丫頭，」喬瑟飛誇讚：「妳看，妳一點也不笨！如此簡單多了，我們便好整以暇，待在路旁確定卡貝離去即可。接著只需遠遠跟著他，假如他眞與什麼人碰面，屆時再隨機應變。記得必要時，咱們得依上尉指示分頭追蹤，一人負責新目標，另一人繼續緊跟卡貝。別自亂陣腳，新目標我來，卡貝交給妳。懂嗎？之後在巴黎那個地址碰頭。」

「知道了。」

待東尼・卡貝離去，兩個年輕人立刻沿同樣路線追上，對方快步向前，低著頭若有所思，渾然不覺遭到跟蹤。

「他鐵定是去貧民區酒吧，」喬瑟飛觀察一會兒後表示：「快點跟上，提高警覺，他大概是去找人談事情。」

兩人抵達熟悉的咖啡店門口，英國人已進去了。喬瑟飛隨即閃身入內，發現卡貝往櫃臺走去，喬瑟飛當機立斷鑽到他身後靠近老闆的位置，這時卡貝正倚著擦得發亮的大桌子，上頭擺滿酒瓶及玻璃杯。

「晚安。」

「晚安，卡貝先生。有什麼能為您效勞的？」

「有，你幫我找雙倍土耳其人及他那兩個同夥來，我需要他們。」

「這容易，立刻辦。」

老闆轉身對在一旁默默聽話，假裝等候輪到自己講話的喬瑟飛說：

「欸，克羅施的孩子，你知道謀殺三人組住哪兒嗎？」

「知道，先生。」

「去叫他們來，動作快！」

喬瑟飛正準備出發時，卡貝叫住他：

「聽著……不……別三個都找來，人多礙事……老狐狸是頭兒嗎？」

「是的，」老闆回答：「他最機靈。」

「那找老狐狸來就好。」

「我這就去，先生。」喬瑟飛說。

他快跑出酒吧。

「這孩子可靠嗎？」卡貝問。

「絕對沒問題！這小克羅施，您知道他老爸是個撿破爛的老酒鬼，沒什麼用的東西！」

「我曉得……很好……老闆，替我挑個安靜隱密的座位。我約了朋友大概六點會到，等老狐狸走了，你再請他過來。我不希望被人打擾，這兒有靠近邊邊、比較安靜的包廂嗎？」

「眞不巧，被訂走舉行撞球比賽了。」

「算了，那就這樣吧！」

老闆替他安排好座位後，返回櫃臺。

兩人交談的同時，瑪麗‧泰瑞絲像隻搜尋獵物的小貓在咖啡店裡閒晃，一邊與認識的朋友聊天，一邊暗中監視門口動靜。

現在輪到她接近老闆：

「先生，請問我爸爸今晚會來嗎？」

「喔，或許吧！妳應該比我清楚啊，小ㄚ頭？」

「哪有！我現在都在外頭工作，免得一見他就有氣。」

「妳再等會兒，他應該快來了，妳也知道他動不動就得喝一杯潤喉的。」

「您讓我待著？謝謝，先生。」

這時喬瑟飛回來了，後頭跟著老狐狸。

後者被帶往英國人的座位，老狐狸並未入座，而是脫下鴨舌帽，立正恭敬行禮。

「坐，」卡貝命令：「我們談談。」

惡徒遵命，與卡貝面對面坐下。

兩人都沒發現刻意背對他們就座的喬瑟飛及瑪麗・泰瑞絲，兩個孩子選了距離最近、最能聽清楚他們談話的座位。東尼・卡貝向來只顧自己，從不費神留意周遭情況。

「今晚，特別是半夜，」他說：「我需要你和雙倍土耳其人，普施咖啡你看情況，但雙倍土耳其人最強壯，一定得找他。」

「反正我們沒事幹。」強盜頭子回答乾脆。

「很好。你先回家通知伙伴，目標是個精瘦強健的傢伙，所以多準備幾條耐用的繩子綑綁，還有塞嘴的破布，避免他呼救。」

「我們一定準備妥當。」老狐狸信誓旦旦：「不過，會遇到什麼風險？」

「完全沒有，只要綁了人，看好他，別讓他亂動及妨礙我到別處辦事。等我忙完會去找你們，送你們離開，用不著撬鎖砸門，直接從大門進出即可。」

「需要鉗子嗎？」

「別製造危險。我再重申一次，你們走大門進去就對了，千萬別破壞門鎖、翻牆……這很重要，聽清楚了嗎？事成後也採相同方式離開。基本上難度不高，不過槍仍帶著以防萬一。對了，還有個老女僕，一樣綁起來封嘴。」

「酬勞怎麼算？」

「一人付你們兩千如何？」

老狐狸搖搖頭：

「不太夠！至少給五千吧，老闆，這事想來也非全無風險，不曉得得承擔什麼後果哩！」

「一萬五通包，你該偷笑了！其他人總共一萬，你們怎麼分我沒意見，自己搞定就好。」

「好，這樣或許還值得談談……您要預付嗎？」

「不可能！你很清楚我付錢從不出差錯，明天早上錢就到你手上了。」

老狐狸搔搔頭，還在考慮，卡貝不耐煩道：

「聽著，這簡直是小孩子工作，你不幹，我大可找別人做，現在沒空跟你耗，快做決定。」

「好，好，成交。地點呢？」

「我再開車帶你們去，今晚十一點四十五分，帝勒斯城堡大門柵欄前見。現在滾吧！」

「再會，卡貝先生。」

老狐狸臭著臉離開。

儘管兩人刻意壓低音量，喬瑟飛及瑪麗・泰瑞絲已大致了解這卑鄙交易的內容。他們點了汽水，假裝喝得津津有味、談笑風生，實則盯著大門，克羅施老爹隨時可能進來。

沒多久，老爹果然來了。他還是老樣子，拖著半醉的身子搖搖晃晃，一見兩個孩子立刻一把鼻涕一把淚：

「喔！我的小綿羊！知道來看克羅施爸爸啦！他們沒忘記爸爸，眞乖！」

「我們答應過會來的。」

「你們是說過，但沒想到竟成眞，我太幸福了。瞧，你們喝這什麼，摻水的飲料？喝點振奮人心的東西吧，服務生，三杯苦艾酒，這酒很溫潤，對小姐好。」

喬瑟飛阻止：

「不，不。我們喝汽水就好。我們來是想抱抱你，但我們趕時間，馬上要走了，我們想走你可不能攔著吧？」

「當初說定的我知道。那來一杯就好，倒滿。兩個小鬼一點兒沒變，我行我素，恣意妄爲，我年老力衰，管不住了。不過，知道你們肯花時間可憐我，我還是很高興，你們是我的心肝寶貝，我經常想起你們還在家時的美好時光。」

「是啊，打我們的時光嗎？」

「那是爲你們好，鍛鍊你們成長啊！」

服務生端酒給克羅施老爹時，一名高大金髮、年輕優雅的男子走進酒吧，來找東尼・卡貝。兩個孩子迅速交換眼色，繼續與拾荒老爹交談，一邊豎耳偷聽。

來者隨便與東尼・卡貝握了個手：

「親愛的朋友，」他驚笑：「您怎麼了？竟剃光眉毛！是迷上哪個明星的造型嗎？」

「愚蠢的玩笑罷了，我保證那些人得付出昂貴代價。這不重要，來杯波爾多葡萄酒，這兒的酒很不錯，然後，有正事要談。」

卡貝召來服務生點酒：

「波爾多葡萄酒，我這杯要純的。」

待服務生倒酒時，他隨意聊著天氣及望著陌生男人剛行經的馬路。

「您開車來的吧？」

「對，但不是自己一人，您知道的。」

「啊！他也在！等會兒跟他見個面。」

喬瑟飛推推妹妹手肘，低聲說：

「這人我負責跟蹤。」

他們繼續專心偷聽對話，一邊應付克羅施老爹的胡言亂語。然而這回兩人踢到鐵板，因爲對方停止使用法文，改採英文交談，他們一句也聽不懂，只聽得幾個應該是姓名的字：奧克斯佛、珂拉・萊納、沙維希、羅蘋……因爲是外國發音才聽懂。其中「羅蘋」一音出現次數特別頻繁。

等兩位男士起身準備離開時，喬瑟飛很快抱了一下呆楞的克羅施老爹，隨便丟下一句話，隨即結帳離去。

「好吧，這小子，就這樣丟下我！」拾荒老人怒氣沖沖轉而朝瑪麗・泰瑞絲咆哮，結果年輕女孩只當耳邊風，連告辭也省了，直接推門跟著哥哥出去。喬瑟飛已走遠，東尼・卡貝與陌生男子步伐極大，喬瑟飛得加緊腳步。他跟在兩人後頭，等妹妹來到身邊才比個手勢，不敢出聲。

兩名英國人先左轉再右轉，沿途人煙稀少，路又狹小，孩子們格外小心。最後，英國人抵達前往巴黎的主幹道，路邊已停妥一輛高級轎車。又有一位男人下車，此人也很高，而且體格健美、身手矯健，看起來比另一人年輕，他來到兩人面前，熱絡地與東尼・卡貝寒暄，交談幾句，全程使用英文，喬瑟飛萬分氣餒，只好拉著妹妹靠近汽車，他對車子頗有研究，故特別停下好好勘查轎車情況：

「妳看，很漂亮的車，」他對瑪麗・泰瑞絲解釋：「掛的是外國車牌，一定是高檔貨！瞧，後車廂很大，或許派得上用場……」

他偷偷摸摸把玩了一下鎖頭，悄悄掀開車廂蓋子。

「裡面是空的，太好了！這倒是個能追蹤這些人去向的好機會。」

「你不是想躲在裡面吧？你瘋了嗎？小心會窒息的。」

「別擔心，小呆瓜，我現在就去找兩塊大石頭，到時卡住車蓋，空氣就能進來了，妳沒看這兒有滿地的石頭。」

喬瑟飛跑開，沒多久便帶著需要的東西折返。三名英國人回到轎車前持續對話，並不在意站在車子後方，看來靦腆無害的孩子。

不久，兩位陌生人分別與東尼．卡貝握手後即上車，剛才去貧民區酒吧的那位坐上駕駛座，另一位則探頭對尚在路邊的東尼．卡貝說話，這回倒講法語：

「那本書，親愛的朋友，盡快拿到手，太重要了，咱們全靠這本書。」

卡貝聽完，也不等轎車開遠，立刻轉頭往反方向走，顯然打算回帝勒斯城堡。

想探得更多訊息的瑪麗．泰瑞絲一直待到車子離去，自然也聽到陌生人對卡貝提出的要求。

而機靈的喬瑟飛搶在最後一秒跳進後車廂，他蹲著露出頭，活像隻木偶，他朝妹妹揮手、扮鬼臉，車子急馳往巴黎。

chapter 12

說明原委

學者亞歷山大・皮耶離去後，安德黑・沙維希及珂拉・萊納也跟著離開地下碉堡，返回停車處，上車後，珂拉問：

「現在去哪兒，上尉？」

「回妳住處，親愛的珂拉。我們得好好聊聊，路上再跟妳說明我的計畫。」

他交代司機去處，等車子行駛，才握住年輕女孩的手：

「妳還好嗎？」

「嗯！都好，我喜歡單獨跟你一起，遠離討厭的人事物，感覺很自在。」

「眞的？」

「有什麼好懷疑的？你又為何非要我嫁給奧克斯佛王子，將我推向這場注定乏味的婚姻？我同意訂婚只為符合你的期待，如今，我確定自己永遠不會愛他，因為我另有所愛……」

他激動顫抖地說：

「別說了！有些話妳不該講！珂拉，我希望妳幸福，也盼望妳因此婚姻擁有更好的際遇。」

「你以為擁有更好的際遇就代表幸福？不，安德黑，這些日子以來，我徹底檢視內心的想法，更加確定自己想走的路。幸福對我來說，就是遇見愛情、擁有愛情，愛情是我最終渴望。能與心愛的人一起生活，才叫更好的際遇！」

「萬一妳選擇錯誤呢？萬一這個男人無法給妳正常的生活呢？」

「我會與他同甘共苦！我不會因此改變決定，這點也不能抹煞我的幸福。」

「正派男人絕不可能接受妳的委屈犧牲，他若是社會邊緣人，就該安分待在邊緣。妳是可愛的孩子，小珂拉，但就是個孩子。妳由我牽著鼻子走，可我只是垂涎妳的財產，別再關注這些妳完全不懂或也懂不了的事，停止不切實際的幻想吧！」

上尉挺直坐好，憑著自制力，恢復冷靜及意志，他直接了當表示：

「停止這話題，好嗎？說再多也枉然。」

「好，我們以後再談。」

「談也沒用。」

「你錯了，我相信非談不可。」

上尉無正面回應，只說：

「先處理更緊急的事，別忘了還得面對惱人、躲不掉的現實，敵人尚未棄械投降，我們必須運籌帷幄，破壞對方計畫……」

珂拉打斷他的話：

「你認爲遠走他處避避風頭沒用嗎？」

「當然沒用！我甚至預料今晚敵人就會發動新一波攻擊，照理來說不無可能。」

她有點嚇到，上尉連忙笑著安撫：

「別怕，我會送妳到安全的地方，不過並非妳的住處，而是我私人宅邸。女管家是我的老奶媽，她會帶妳躲進堅固隱蔽的藏身處，我最遲明天回來，在那之前，就由她陪伴照看妳。那是我在巴黎另外買的房產，妳就安心待著，照常吃晚餐、就寢，也可看看書、聽音樂或彈琴……」

「你太令人驚訝了，不但預想各種情況，甚至一一找出對策。」

「遇到事情，我習慣層層推演，考慮各個面向，再對症下藥，不過這回尚缺幾項要件，導致無法判斷指使卡貝對付我的幕後力量是什麼，只知道一定有。而他因爲喜歡妳，對我恨之入骨，難免違背他老闆的意思，就私人恩怨出手，反倒增加我弄清事實的難度。但他也對我很頭痛，明白我將成爲他某些計畫的絆腳石。但到底是哪些計畫？基本上，我跟他目標相同，都欲協助奧克斯佛王子奪得王位，差別在他想仗著身爲王子親信掌控大權，而我則打算令妳爲后。」

珂拉抗議：

「我說了，我不嫁給他。」

「這是另一個問題了……先回到卡貝身上，爲何他對我窮追猛打？是何方組織下達命令，甚至資助他？對，資助，他曾向我表示，願意花錢收買我。究竟爲誰效命呢？一堆假設害我暈頭轉向，卻理不出頭緒……雖然內心已鎖定某個可疑對象，但未免太驚人……只是卡貝確實說過怪話，當我擺明自己比他有錢，不可能被收買時，他竟大聲表示：『總不可能比大英帝國有錢！』……這麼說來是大英帝國？或者，這看不見的威脅就是英國情報局？我還缺少一項串連的環節，目前都是推論，無法確定。我一定設法抽絲剝繭，找出其中關連！只要方法對了，必能使眞相大白……當然，方法以外，還得靠運氣，運氣我倒從不欠缺……」

他改變口氣對珂拉說：

「聽我胡說八道很無趣吧！而我竟對妳忘情地高談闊論，像我這般身經百戰、戒心極重的人居然會如此，那感覺實在很難形容。」

「我欣賞你的自信。」年輕女孩低聲說：「滿心佩服，深受鼓舞。」

車子塞在巴黎車陣一會兒後，即抵達萊納公館。司機按了幾下喇叭，門房立刻開啓大門，車子行經拱門，在一處鋪滿碎石的大庭院來個漂亮回轉後，於進門台階前停妥。

珂拉·萊納下車後問道：

「是先來我家，還是馬上去你宅邸，既然你已拜託奶媽照顧我？」

安德黑·沙維希笑道：

「不，不，先待在妳府上，目前還不用擔心，我得在此等孩子們送情報來，我去交代門房到時給他們帶路，否則孩子被擋在門外會不知所措。」

他先去找門房，回頭順道告知仍戰戰兢兢待在駕駛座上的司機：

「留在這兒，等我指令。等會兒先送小姐離開，再將車開回來停好。」

「停這裡？」

「對，門房會告訴你車庫位置，然後你就可以下班，明早再來接我即可。我看……就明天十一點吧！公館前馬路見。今晚看你想上哪兒吃晚餐，門房可以給你指路。」

待司機表示同意，沙維希上尉便進屋找珂拉。

珂拉坐在小客廳的寫字檯前，當沙維希進房時，她正讀著某樣文件，似乎有點激動。

「吵到妳了？」上尉謹慎問道。

「不，與你無關。我在看萊納親王留下的書信，我一直隨身攜帶。」

「何必重掀悲傷回憶？」

「你錯了，這不再是悲傷的回憶，我甚至驚訝發現，自己雖曾分分秒秒傷心欲絕，如今痛苦早隨時間稀釋、平復，我也更能體悟父親的心意，這封信，或者遺囑都好，已成了我的嚮導，帶我避開錯誤的方向，爲我的決定撐腰，並贈我良策，永遠支持我。」

安德黑深情凝望女子，年輕女孩脫下帽子，夕陽餘暉撫弄著她金色秀髮，長捲髮依著姣好容顏，襯得綠眼珠閃耀動人。

他想女孩常愛模仿根茲巴洛肖像畫中人物的穿著，而在這樣的家具裝潢及光線氛圍下，她確實很像畫裡走出來的人物，但上尉沒有說出口，也沒回應女孩剛說的話，只是走到窗邊，焦急地拉開窗簾。

「我猜你正等著情報傳回？」她問。

「對，很重要的情報，我派年輕心腹負責蒐集訊息，但他回來晚了，希望他沒碰上什麼麻煩事……啊！回來了。」上尉高興地說，立刻轉頭迎接喬瑟飛。

喬瑟飛進屋後見到萊納小姐，略顯遲疑，他害羞地打了招呼。

上尉喚道：

「成功了嗎？你只管說，像我們平常單獨講話時一樣，珂拉，請留下，這事也跟妳有關。」

年輕女孩原已愼重其事地起身準備迴避，又重新坐下。喬瑟飛侃侃而談，條理分明，詳細報告下午發生的事。他描述卡貝前往貧民區酒吧，並已做好沙盤推演，先找來謀殺三人組的頭兒，向他提出計畫。

「我逐句逐字抄下，」他非常篤定，確信內容無遺漏及變更：「卡貝先生就說這些：『目標是個精瘦強健的傢伙，所以多準備幾條耐用的繩子綑綁，還有塞嘴的破布，避免他……只要綁了人，看好他，別讓他亂動及妨礙我到別處辦事……用不著撬鎖砸門……槍仍帶著以防萬一……』」

喬瑟飛抬起頭，暫且從紙條移開目光，開始逐項分析：

「啊，別忘了他們相約十一點四十五分出發，由他親自開車至帝勒斯城堡前接三個同夥，這情報很實用。」

他又讀下去，接著說：

「他還提到一名老女僕，說『一樣綁起來封嘴。』談到這兒，他倆便開始討價還價，卡貝提議每人支付兩千，老狐狸先得一萬，擺明想私吞其他人的錢。」

「很好，」上尉發言：「除了我可憐的奶媽！『將老女僕封嘴……』很明顯是指她。」

他望向珂拉：

「除了她……還有我，所謂『綑綁精瘦強健的傢伙』就是指我。是啊！妳似乎不相信！但妳心知肚明我懷疑今晚不平靜是有跡可尋，妳也聽到了，十一點四十五分出發，到這兒大約十二點十五分！」

「若真是如此，我們就逃吧！這是唯一的辦法。」

「不行！這樣解決不了問題，他們明天還是會來……必得做個了斷。」

上尉踏著方步，對卡貝的說法嗤之以鼻：

「『別讓他亂動及妨礙我到別處辦事。』到別處辦事頗耐人尋味！親愛的女伴，這八成是指他會帶人到『妳身邊』辦事，他一定會來的！」

「太可怕了！」珂拉膽顫心驚。

「不過，妳會在別處，用不著擔心……」

「我不怕，我想待在這兒。只要有你在，有你照看，什麼都嚇不倒我，我相信在你相助下，必能逢凶化吉，就算身陷險境我都不怕，你一定會來救我。」

「這麼信任我？」

「對！」

「沒什麼比聽到妳這番話更令我開心了，珂拉。」

「這是我肺腑之言，或者說是我深刻體悟！無論情感上或理智上，我都已完全信賴你了。」

「不管任何情況，妳絕對信得過我！那剛才妳爲何提議一起逃走……」

「我是擔心你。」

「喔！我嗎？本人天不怕地不怕，有足夠能力自保。然而請容我待在妳府上，等卡貝先生闖入時將發現在他面前的是我。他萬萬想不到漂亮的計畫竟做了小小調整。我不會傷害他，只會挫挫他鋭氣，希望之後他能還妳平靜。整個過程，妳得躲得遠遠的，讓老奶媽照顧妳。」

珂拉開口：

「我求你別冒險，我眞的很擔心！」

「沒辦法，妳也知道與敵人對決時，我沒有逃跑的習慣，這是我至今極少失敗的不二法門。我們已預先掌握危機，提早避開，卡貝這回碰到比自己強的對手了，請妳放心吧！」

「萬一他攜帶武器呢？」

「他當然會帶！我也一樣，但別忘了等他來的人是我，他可沒想到我在場，這點我佔了上風。安心度過今晚，明早我去找妳。保持冷靜等於幫了我大忙，這對我很重要，一味擔憂只會拖累我，了解嗎？」

「好，我答應你保持冷靜。」

上尉轉向等在角落的喬瑟飛：

「來坐我旁邊，把話說完，應該還有後續吧？」

「唉，上尉！之後情況有點混亂！」

喬瑟飛開始敘述被他稱爲「英國佬」的陌生人出現酒吧的事，他仔細描述此人，一面自責聽不懂外國話。上尉略略顫抖，聚精會神聽著，並催促孩子再多提些細節。當他得知車上還有另一名英國人時，不禁興奮歡呼：

「這下我掌握事情關鍵了！」

他細問目瞪口呆的喬瑟飛：

「你一路跟蹤兩個英國佬直到我告訴你的地址？沒半途折返？你怎能追上汽車？」

「我爬進後車廂，上尉。車一抵達我便火速跳下車，我沒辦法瞧見車子停在哪處地址，只得繞著建築物轉，最後才發覺正是您等我的地方。英國佬完全不知載我一程，天衣無縫。」

上尉十分稱許：

「很好，孩子，後車廂的點子不錯，這表示你不但動腦筋，同時具備敏捷體能。那你妹妹怎麼辦？」

「我把她丟在路邊，我想她大概站了一會兒。」

此時門鈴聲響，上尉豎起耳朵：

「應該是她。」他說。

進門者的確是瑪麗・泰瑞絲，她笑容滿面，沙維希立刻替萊納小姐介紹：

「瑪麗・泰瑞絲・克羅施，一等一的好幫手，她能補足後來發生的事。說吧，孩子，喬瑟飛躲進後車廂隨車離開前的經過我們都清楚了。」

「他攀爬速度還眞快，」年輕女孩說：「車子甚至行進中呢！」

「當時妳在哪兒？」

「我？我待在路邊，假裝被汽車吸引，卡貝先生就在旁邊，車開走前比較高的那位英國佬對著他嚷嚷，幸好這回操法語……」

「『說』法語，我已經提醒妳很多次，這是要命的錯誤！」

「喔，抱歉，上尉，我老是忘記……他對卡貝先生嚷著，然後說法語，內容我抄下來了，等一下我拿……」

她從上衣口袋取出一張紙讀道：

「『那本書，親愛的朋友，盡快拿到手，太重要了，咱們全靠這本書。』」

「唉呀！」上尉沉吟。

她繼續陳述：

「高的英國佬就說這些，卡貝先生聽完作勢同意，沒等汽車駛離，直接轉頭朝城堡方向去，眞是好險，因爲喬瑟飛這笨蛋躲在後車廂離去時，竟開心揮手，差點形跡敗露。」

「總之沒出事，一切順利。妳這邊之後發生什麼事？」

「我？我尾隨卡貝先生，確定他沒去貧民區酒吧，等他返回帝勒斯，我決定放棄等候，我覺得枯等很蠢，不如趕緊搭上開往巴黎的電車來此，因爲若錯過班次，經常得等很久，我剛到，車就來了，然後我就在這兒了。」

上尉十分嘉許：

「很好，你們倆都做得很好，謝謝你們，孩子。但事情還沒結束，現在，咱們得好好迎接這夥惡徒，這些人罪有應得。」

他轉向珂拉：

「親自料理卡貝一定特別有趣，我將在此恭候大駕。其實大可任這三個壞小子闖進我家，自己碰一鼻子灰，但那不夠，他們欠人好好教訓，等著瞧吧！」

「你打算怎麼做？」珂拉緊張地問。

「就像獵捕猛獸般設陷阱逮人。爲了隨時掌握突發狀況，我已在門口裝置一種頂級的小型電力設備，能通知我這些人來了，他們可是第一個試用者。我先帶這些孩子回我住處，教他們機器操作方式，因爲得由孩子們啓動機關，那很簡單，也不必費什麼力氣。珂拉一起來，奶媽帶妳離開前，妳可以瞧瞧我們做什麼，值回票價喔！順便讓妳看看英國先生們感興趣的『書』，那是我一位曾任拿破崙麾下將軍的祖先，留下的傳家寶，裡頭揭露大英帝國的秘密。」

「我還擔心一件事，那幾個聚集貧民區酒吧的英國人似乎知道你的身份？我不敢想……你究竟查到什麼眞相？我弄糊塗了……」

「喲！貧民區酒吧的英國人是妳的朋友，親愛的，四劍客中最高雅的兩位！他們不像我們想的那麼平庸，反而是厲害角色，一點也不單純，那副樣子都是裝出來的！」

「多納・道森及威廉・洛基？」

「正是道森及洛基！我承認自己無論在倫敦或巴黎都不曾起疑，這兩人將一切隱藏在與世無爭、風花雪月的僞裝下……尤其是道森，洛基不過是道森的朋友兼秘書，道森卻眞是精通考古學！……現在神秘面紗被我撕毀……我已弄清隱晦的關鍵，掌握了全盤陰謀……」

上尉沉思半晌，接著，嘴角浮現一絲詭異笑容，說道：

「我估計明早就能找出道森先生，太有趣了！」

「明早？別忘了你說明早與我會合。希望你不要放我一個人，音訊全無。」

「我大約中午一定到。走吧！沒時間耽擱了，戰爭還沒結束呢！」

他催孩子出門，遞帽子給珂拉，四人一同前往上尉住的廢棄教堂舊聖器室。

chapter 13

行兇失敗

「咕咕咕！是我！咱們重逢啦！見到我開心嗎？……」

東尼．卡貝嚇一跳，倒退數步，他才輕鬆打破萊納宅邸一樓窗戶，蓄意扯下百葉窗，閃身跳進客廳，正沾沾自喜認爲必能如入無人之地，直闖珂拉臥房。結果屋內突然燈火通明，沙維希上尉斜靠內側房門，嘲諷地望著他。上尉眼尖看到英國人動作有異，立刻拔槍對著他喝令：

「手舉高！馬上把手舉高！別前進，否則我開槍。」

卡貝怒火中燒，卻不得不照辦。

上尉繼續說：

「我自個兒來見你，這樣比較有禮貌，我很期待你的光臨，儘管你也清楚接下來我必須搜個身，這只是對付你們這種人必經的小程序罷了。」

上尉邊說邊靠近，槍仍指著對方，壞蛋嚇得臉色發白，敢怒不敢言。上尉一手持槍抵著對方胸膛，另一手則仔細搜查每個口袋，接連掏出一把自動手槍、幾支鑰匙、一副美式鐵製手指虎、一把折疊刀、一瓶麻醉藥及一條絲絹手帕。他將這些東西全部收進自己衣服裡，只將鑰匙放回卡貝口袋，並提到：

「好多武器！你一身醜惡配備前來拜訪美麗女士實在有損形象知道嗎？你這不懂規矩的傢伙，顯然需要再教育！而且，你是沒看到自己那副剃光毛髮的模樣有多嚇人嗎？」

卡貝咬牙切齒反駁：

「對啦！像羅蘋那張花花公子的臉最好了，你就是羅蘋，沙維希這名字騙不了人。」

「我的確把自己當羅蘋，並為此感到驕傲！好啦！別激動，我的心肝兒，冷靜點。沙維希是合法身份，我沒犯法，你知道我總是按照規定來的。對了，你瞧我還把鑰匙還你，免得你沒鑰匙進家門。」

「充什麼好漢，去，你好樣的！」

「不謝謝我？這值得你道聲謝呢！」

「萊納小姐還不知你是羅蘋吧？」

「又是羅蘋！看來你一直想不通，實在沒什麼大腦。我跟你保證，萊納小姐至今完全不知情，也不相信。但是，明天我會正式告知，我本來就想讓她知道，並不打算偷偷摸摸，如此你恐怕無法熱心地挑撥離間了。坐下，我們打個商量，你現在手無寸鐵，所以我打算移開手槍，但若你輕舉妄動，我一定二話不說制服你，懂嗎？」

他將手槍放回口袋，與從卡貝身上搜刮的武器擺在一塊兒，同時坐下開口：

「好，聊一下吧！……你對我真好，打算今晚派打手先將我綑綁，讓我不能救珂拉・萊納。別急著否認，我瞭如指掌。可惜你不夠精明，欠缺深謀遠慮，她已移往他處，現在很安全。所以你才會在她家遇上我，我家反而空無一人，至於你那些卑鄙奴才，等會兒你就能見到他們的下場。咱們拭目以待，瞧瞧他們多勇敢，你一定會喝采叫好。」

卡貝渾身顫抖。上尉安慰他：

「別緊張，我會留他們活口，保證毫髮無傷，而且還放你回去找他們，他們可想你了。這些人只需要一點下馬威，我想他們懂的……你也是……你火候不到，就別惹我這種人，我總有辦法親自給你點建議。」

卡貝不敢亂動，卻越聽越不耐煩，囂張地出聲喝止：

「喂，羅蘋，少自命清高，你還不是雇用過謀殺三人組！」

「沒錯，我請他們背袋子……應該說背我。你還記得我躲進其中一個黃金袋子闖入城堡，宛如埃及皇后克麗奧佩脫拉①混入凱撒大帝②宮中吧？那天著實打擾你了！我的確利用這些可憐傢伙的蠻力，卻是爲了正當理由，再者，還得感謝你恰巧指派他們任務，我才能藉著運送金袋的機會偷渡，於是，一切水到渠成……而你，淨找他們犯些卑鄙勾當才叫下流……順便提醒你，你實在太吝嗇、斤斤計較、心胸狹窄，而且笨頭笨腦……做事沒方法又缺乏遠見，有勇無謀以致功敗垂成。今晚又想幹什麼大事？老大交代你來我家找書帶回對吧？結果那仁兄倒先將自己打點得漂漂亮亮，上女人家獻殷勤去了！」

卡貝臉色刷白，結結巴巴地問：

「我老大？」

「對，你老大！你該不會以爲我不曉得你爲誰、爲哪個龐大組織賣命？等我見到你老大，一定立刻提醒他選錯手下……別管書了，這問題我直接找他解決，而且我會請他趁此機會將你遣送回國，或別的什麼地方都好。」

「遣送回國？那也得看我願不願意。」卡貝嘀咕著。

「別痴心妄想了，由不得你，你只是個下人，只是龐大機器裡的小齒輪，甚至不比我這外人了解機器的重要性。」

卡貝似乎萬念俱灰，不再作聲，上尉起身昂首而立：

「對，我是羅蘋，我願意公開而且引以爲傲！你輸了，認栽吧！」

他來到卡貝身邊，拍拍他的肩膀：

「啊！現在得去拯救你三隻美麗的小鳥，謀殺三人組，他們應該已爲爲非作歹付出代價囉，走吧！」

卡貝束手無策，只能聽從。

到門口時，亞森・羅蘋掏出菸盒，遞給他一支：

「來支菸？」

「不用了！」英國人氣呼呼地拒絕。

「你不適合這行，做事需要膽識，可你完全沒有，其實，我也不指望你，你不過是個差勁的學徒，想實際體驗賭術，卻不事前做足功課。」

他自顧自地抽菸，又說：

「少在那兒動書的腦筋，省省吧！正本已挪到安全的地方，明天我送去給道森先生的也只是副本。因爲你太過天真，我才解釋清楚些，否則你想破頭也猜不到。快走吧！」

上尉拖著卡貝，兩人步下宅邸門階離去。

譯註：

①克麗奧佩脫拉：此處指的是克麗奧佩脫拉七世（Cléopâtre VII，前69—前30年），是古埃及托勒密王朝的最後一任女法老。為了鞏固並奪回失去的權位，她與凱撒結盟並成為其情婦，重攬埃及的統治大權。在她死後，埃及成為羅馬行省。她也就是後世所熟知的「埃及艷后」。

②凱撒大帝：（Gaius Julius Caesar，前100—前44年），羅馬共和國末期的軍事統帥、政治家。

chapter 14 天羅地網

早在東尼．卡貝抵達前，安德黑．沙維希已送喬瑟飛及瑪麗．泰瑞絲回家，快速指導他們如何使用機關，此機關設計高明卻不難操作，主要是利用某種電力設備防止不速之客入侵。

喬瑟飛興致勃勃，頓足道：

「那三個傢伙等著變老鼠，這東西太了不起了。」

上尉出聲制止：

「我相信必能將他們一網打盡，孩子，不過仍別高興得太早，沉住氣，謹記我們的教條。」

「我這就閉嘴，首領。但有件事我不得不問，屋子的入口不只靠小路這片牆吧？我注意到屋子內側另一頭，面向獨棟小屋及庭園那個方向還有入口？」

「的確，那才是眞正的大門，也是屋子的主要入口。」

「那他們不會從那兒闖入嗎？萬一他們疑心我們在這入口佈下機關，改從另一頭翻牆，穿過整片空地進門，我可就手忙腳亂了！發生這種情形該怎麼辦呢？」

安德黑・沙維希笑道：

「無須擔心，對他們來說從小路這個入口進來最容易，卡貝會爲他們開門！撬鎖總有風險，他們能避就避，通常都挑最省事的方式攻擊。但我很高興你能想到這點，證明你開始懂得觀察，認眞面對每個問題。非常好！你大可放心，剛才我教你使用的電力設備在房子另一頭也可以用，等我離開後你再開啓，你也在車庫看過控制器，記得控制器分爲獨立的兩段，表示即使關閉這面出口的連線，另一邊仍可正常運轉，懂嗎？無論如何，他們確實有可能像你說的那麼做。」

「啊！那我就鬆一口氣了！我早該想到，上尉，您總能洞燭機先！」

珂拉・萊納跟著大家觀看整場示範過程，不禁疑惑：

「安德黑，這神奇的防禦機器是你發明的嗎？」

他的回答有點含糊：

「這並不難，我一直對電力應用很感興趣………所以特地找來一位電氣工程師，他具備專業知識，對應用科技有許多想法，總能巧妙付諸實行，就這樣罷了。」

珂拉搖搖頭：

「還是那麼謙虛……………」

安德黑辯解：

「別自己亂想，我清楚自己的能耐，唯有認清天賦，才能妥善利用，自吹自擂是沒用的。不，我這人很實際，絕不鼓勵不值一試的計畫。別提這個了，先來我書房見見那本壞蛋們感興趣的書吧！」

他們進入一處長方形格局、裝潢品味沉穩精緻的大房間，這兒即是廢棄舊教堂的聖器室，萊納府邸的附屬建築裡四散某棟破敗城堡的遺跡，比起建物其他部分，沙維希特別喜愛聖器室的獨特與明亮，也將其裝潢得美輪美奐。

珂拉對擺設極爲欣賞：

「我喜歡這兒，安德黑，」她表示：「眞不敢相信你從沒邀我來過！我現在是既生氣，又有點擔心。」

「妳來這地方不太妥當，爲了維護妳的名譽，我寧願不讓妳來。」

「我了解，放心，我不氣了。」

安德黑領她來到鑲嵌於牆壁中央的玻璃櫃：

「裡面都是我那位將軍祖先的遺物，正如之前向妳說明的，壞蛋口中的書就在其中，拿破崙在聖赫勒那島撰寫的遺囑中曾提及贈此書給我祖先的事。」

他打開櫥櫃，抽出一本包覆特殊書殼的手抄書交給女孩：

「內容是聖女貞德的自白，其中概述了這位女英雄從英國官員身上蒐集到的英國高層決策方針……施行至今仍未改變，得以還保守派一個公道！所以情報局的人才會特別注意我，費盡心機想從我這兒取走文件……這是副本，正本很重要，已被我藏到安全處了。」

年輕女孩笑著翻翻書。上尉接著說：

「至於我祖先獲得此文件的故事，改天再告訴妳……說到底，是個唯美的愛情故事……今晚時間不夠，我得趕快將妳送走，確保妳的安全。」

珂拉打趣道：

「像書一樣？」

「當然不是同個地方，但兩者對我都很重要。快去找我奶媽，她會爲妳帶路，妳與她一起時，我還得額外叮囑孩子一些事，奶媽也會替他們準備冷盤，妳可以在另外的房間吃晚餐……」

「你呢？」

「我怎樣？」

「你只想到別人吃晚餐，那你吃什麼？」

「喔，我吃不吃不重要！」

「我覺得很重要，你今晚即將面對一場硬仗，我希望你一定得吃飯……」

「那就恭敬不如從命，我會帶幾個小三明治去妳府上，邊吃邊等卡貝。其實妳說得有理，我相信那群毛躁的傢伙一定也抽空吃飯了。」

他將書放回原位，關上玻璃櫃，帶珂拉到隔壁小房間交給老奶媽，順便囑咐準備便餐，隨後去找喬瑟飛談話。

語畢，再回頭見兩位女士，三人一同搭乘停在萊納府邸前的轎車，獨留喬瑟飛及瑪麗．泰瑞絲。

「妳說這是什麼，老妹？妳說這玩意是不是很神奇！」喬瑟飛問妹妹，一邊搖搖頭。

「是啊！入侵者絕對想不到。」

「入侵者……妳好像在講什麼電影故事。」

「你嘲笑我！你大概不知道上尉剛才也這麼說。哼！」

「別氣……現在可不是鬥嘴的時候，我得掌控全局，懂嗎？妳先往後走，去車庫備妥糧食，因爲等機關啓動，就不能走庭園後半段的石板地了。操控桿在書房，啓動後我再從旁邊窗子跳出與妳會合。」

「你眞的清楚該升起哪些部分嗎？」

「當然，這太簡單了！兩分鐘就搞定，就像音樂廳那種機器設備的電子儀表板一樣。」

「你去哪個音樂廳看的？」

「我參加電台舉辦的電台之旅時見過一次。」

瑪麗・泰瑞絲看著他，忍不住挖苦：

「還眞博學多聞！管他的，手槍帶了沒？記得上尉說過在他們來前，手裡還是握把槍比較好。我的已經準備好了。」

喬瑟飛表示同意，並提醒：

「隨時留意後方！車庫見。」

說罷，便竄進屋內。

沒多久，喬瑟飛躍下側牆窗戶，拐個彎抵達車庫。坐在藤椅上的瑪麗・泰瑞絲有點不敢置信：

「都完成了？」

「沒問題了，我還重複測試，預熱、開啓、關閉機器，然後再操作一次，聲音很大嗎？」

「聽不太清楚。」

「很好，還有什麼要做的？應該只剩等待了。」

他也坐下，開心地說：

「眞好玩……啊！該吃飯了，我餓了，你呢？」

「我也是！而且我們的補給品非常豐富，瞧！那張小木桌上有香噴噴的麵包、水煮蛋、三明治、白酒、水果……都看到了吧！與貧民區酒吧的自助餐相比有如天壤之別！」

「太棒了！入席吧！但吃歸吃，可別說話，才能聽清楚外頭的聲音。」

「了解。」

兩人忍耐著不嘻笑，安靜用餐。

一個多小時後，喬瑟飛突然跳起來：

「有車停下，」他悄聲道：「一定是他們。握緊口袋的手槍，手指放在扳機上！小心點！」

萊納宅邸靠近小路那頭的附屬建築，其連外大門已讓東尼・卡貝持鑰匙直接打開，爲謀殺三人組帶路。他向三人指出沙維希上尉的臥室位置後，便獨自穿越花園，從後方前往宅邸主樓。

孩子們從車庫全程監控，發現肩膀寬闊的雙倍土耳其人躡手躡腳走在鋪石庭園中央，身形較小的老狐狸及普施咖啡則並排跟在後頭。

喬瑟飛推推妹妹的手，彼此交換眼色。

這座可通往沙維希居住主屋的庭園，造景別出心裁、賞心悅目，庭園採環形設計，非一般的正方形，並利用鑲嵌藝術拼貼出兩圈顏色與寬度迴異的同心圓，同心圓環繞著一座小巧淺底、波光粼粼的噴水池，環形庭園周圍建有塗上膠泥的矮牆，矮牆並未完全圍住庭園，入口處改以石柱取代牆面，矮牆盡頭立著攀滿玫瑰花群的藤架。

謀殺三人組環繞水池，沿著藍色較窄的內圈前進，始終走在前頭的雙倍土耳其人一隻腳還踏上粉紅色較寬的外圈，突然，一陣可怕刺耳的聲響讓他跳腳，同心圓竟如活動舞臺般開始高速轉動，惡棍頓時嚇呆，說時遲那時快，旋轉的動力順勢將他甩進矮牆中間安裝堅固鐵鉗的隱藏溝槽，緊緊夾住他的手臂、胸膛及雙腿，將他固定在比身長高三倍的高處。

他破口大罵，儘管其力大無窮，仍舊無法反抗，動彈不得。

兩名同夥見狀，驚懼莫名，站在藍色內圈不敢妄動，其實兩人根本來不及後退逃跑，剛才制服雙倍土耳其人的鉗子一停止運轉，站在右側驚慌失措的老狐狸立刻覺得腳下似乎有種密實材質的東西在移動，踩踏的那塊地面竟橫向滑行，他頭昏腦脹地被送往剛才解決雙倍土耳其人的粉色內圈，完全沒有反抗餘地。

等老狐狸被牽制在粉色圈內，下場亦如雙倍土耳其人，同心圓再度轉動，用另外的鐵勾將他釘在離同夥稍遠、較高、較靠近獨棟小屋的牆上。

普施咖啡害怕地待在藍色內圈，動也不敢動，他唯一的念頭便是不計一切代價，避免落入與同伴相同的命運。他原本走在老狐狸左邊，心想現在既然知道機關確切位置，只要小心點應可避免觸動危險的滑動裝置，於是便自作聰明盡可能靠左前進。唉呀，結果左邊跟右邊一樣，地面開始移動，強行將他帶往可怕的粉紅外圈。這次是朝另一方向旋轉，左邊牆壁彈出數個鐵勾，倒楣的普施咖啡一樣被緊緊壓制，掛在同夥對面。

「輸送帶上的旅客，暫停五分鐘，可以先去用餐喔！」喬瑟飛大聲挖苦。

他與妹妹已離開躲藏處，帶著槍準備進行接下來的流程。

「先待在這兒，」喬瑟飛說：「我去關掉這邊的機關，免得把自己困住，因為等會兒我們得去見那些傢伙，順便搜身，等我一下。屋子另一頭的機關我先不關，以防還有人從那邊進來……」

「所以你又要從書房窗戶跳下？」

「不用，上尉說過只要把車庫的機器關妥即可，你也聽到啦！放心吧！」

他進入車庫，出來後立刻帶著妹妹去找雙倍土耳其人，準備穿越移動同心圓時，妹妹顯得退怯：

「我不敢走！萬一突然動起來怎麼辦？」

「笨蛋，這邊庭園的機關都關上了。再說，妳也清楚為了鬆懈襲擊者的戒心，前半段根本不危險，只有水池後方才裝設電動功能。快前進，膽小鬼，我還仰仗妳幫忙呢！」

雙倍土耳其人眼見對他及同夥處處是陷阱的區域，孩子們竟能順利穿越，愚笨的大腦不禁升起一股迷信的恐懼。

喬瑟飛看穿他的想法：

「很驚訝對吧？」他對巨漢說：「我們是好人才能安全通過，這東西只懲罰壞人。你為何老做壞事？這下白費功夫了，我看你也別妄想酬勞了！」

雙倍土耳其人結結巴巴，回答含糊不清，瑪麗・泰瑞絲拿槍對著他，他更是怕得瞇起眼睛。喬瑟飛出聲安撫：

「不會對你怎樣的，只是以防萬一，爭取點時間清空你的口袋。」

語畢，喬瑟飛立刻搜查其長褲口袋，取出一把槍及兩把刀。

「淨是些骯髒玩意兒！」喬瑟飛罵道：「就這些？」

「就這些了。」

「塞嘴的破布呢？」

「在上衣口袋。」

喬瑟飛伸手穿過令惡徒束手無策的鐵鉗，從上衣口袋拉出破布。接著開玩笑道：

「口袋癟了！繩索呢？」

「不在我這兒，是老大負責的。」

「老狐狸？」

「對！現在我多的是動機說謊，但我已一無所有，又痛又累，只想趕快離開這兒，你們到底要怎麼對付我？」

「沒事，等你花時間弄懂不該再闖進此處時，我們就放你走。」

「安全釋放？那我已經弄懂了。」

「小子，記得好自為之，凡事耐著性子好好思考，找出最佳解決方法。我們得在你背上蓋塊毛毯，夜裡涼，你的攻擊對象咕咕上尉不希望有人冷死，特地交代別讓人著涼了，你不覺得上尉宅心仁厚嗎？好了，再見，祝好運！你除了壞，更是蠢。」

兩個孩子換對老狐狸進行同樣步驟。

「繩子，」喬瑟飛命令：「說，繩子在哪兒？」

「左邊口袋，小王子。」

喬瑟飛取出繩索，同時搜出右邊口袋的手槍及刀子。

「還眞是頭一回見小毛頭扮偵探！」男人嘲諷，怒不可遏，甚至拉長仍可自由活動的頭部，試圖咬喬瑟飛，但沒成功。

「混蛋！」喬瑟飛叫罵：「這個最危險！眞該賞你一槍，可我連向你開槍都不屑。下一位。」

他走到普施咖啡身邊。

這位身上只有一把槍，喬瑟飛拿走槍後問道：

「你似乎不太在意你的工作？」

「我不喜歡太累。」這惡棍大言不慚。

接著，他朝瑪麗．泰瑞絲咧嘴一笑，補充說明：

「那群替我幹活兒好讓我輕鬆度日的小母雞，沒一隻像這位小姐身材如此玲瓏有致！美人兒，妳看要不要讓我照顧妳一天，咱們聊聊工作的事……」

「你給我閉嘴，」喬瑟飛氣得大吼：「不然等著付出慘痛代價！」

「好好好……我安靜就是了，別生氣，眞是不解風情……其實我是想對美麗女性表達敬意，不過開點小玩笑，稍微苦中作樂，我的姿勢可一點也不好笑耶……」

「好啦！眞這麼愛開玩笑，講給自己聽就好，我們要走了！」

如喬瑟飛所言，孩子們離開找來毛毯披上三名俘虜肩膀，遮蓋緊壓他們的鐵鉗鐵勾。

當兩人準備回車庫坐在扶手椅上時，突然傳來巨大聲響，很像此處地板移動的聲音，喬瑟飛憂心忡忡：

「該不會另一邊有動物誤闖陷阱？我去看看，妳待這監視這些人。」

好半晌，喬瑟飛才興高采烈地回來：

「這下可好，抓到第四個人，太有趣了！不跟妳賣關子，就是車上的英國佬！」

「車上的英國佬？」

「對，不是貧民區酒吧那位，而是待在車上的那傢伙，他看來身分比另一位還高。」

「也比較瘦。現在該怎麼辦？」

「呃……不怎麼辦……妳覺得我們該做什麼？先靜觀其變吧……我也很爲難，那人看起來十分高貴，我不敢搜他身，不如稍安勿躁等上尉來處理。」

瑪麗・泰瑞絲好奇詢問：

「另一邊長什麼樣子？」

「喔，有漂亮的臺階、花叢，跟這兒一樣是環形庭園，矮牆同樣沒完全環繞，入口處有柱子及玫瑰花，圓形水池、兩圈同心園，一圈藍，一圈粉，跟這邊相同，若有人踏上水池後方的同心圓，照樣會讓鐵鉗固定在牆上，目前現場是一片混亂。」

「英國人有開口辯解嗎？」

「他呀，絕不可能做這種事！他只是默默忍受，這叫活該！我告訴他鉗子含鉻，屬不銹鋼材質，不會弄髒他時，他甚至哈哈大笑。」

「你還眞大膽！」

「小姐，他穿了一套淺色漂亮的西裝，弄髒會變得不太好看。」

「你也給他披了毛毯？」

「馬上就披了，而且拿毛毯的時候順便關閉了那邊庭園的機關。」

「既然沒搜他身，豈不白忙一場？」

「怎麼會，傻瓜，這樣做並非徒勞無功，等會兒上尉勢必會找他聊聊。」

「確實，我倒沒想到，眞希望上尉快點抵達。」

瑪麗・泰瑞絲的心願很快便實現了，安德黑・沙維希來到孩子面前，一旁的東尼・卡貝面對同夥慘不忍睹的景象簡直看傻了眼，這些傢伙疲累又擔憂，個個呈現半昏迷狀態，披的毛毯遮蓋控制他們的精密鐵勾更顯滑稽。

沙維希上尉指給卡貝看：

「怎麼，滿意嗎？你朋友我們顧得好好的。如果你想試試我的旋轉舞臺，現場還有三個空位，這遊戲可吸引人了。」

他朝可憐的壞蛋打招呼：

「不太糟吧？不冷吧？所謂己所不欲勿施於人，若非各位自投羅網，我們怎會將大家五花大綁。只要我再也不想見到你們，就馬上放各位走，你們也見識到我多麼懂得保護自己，千萬別忘了！」

喬瑟飛怯生生地插話：

「首領，還有一個。」

「啊，喔，在另一邊嗎？我就知道……」

「我認得那人，是車上的英國佬。但我不知該怎麼辦，所以沒搜他身……您生氣嗎？」

「孩子，這麼做非常恰當，你跟平常表現一樣好。」

「各處機關都關上了，可以放心行走。」

「謝謝。我現在就去另一邊庭園，喬瑟飛，鬆開鐵鉗放下囚犯，全部鬆開，卡貝，帶你的手下走吧，永不再見了。」

上尉來到這多出來的俘虜身旁時，「車上的英國佬」剛擺脫喬瑟飛鬆開的鐵鉗，抖落可怕的束縛。

安德黑．沙維希走近：

「喔！喔！萬分抱歉，道森先生，眞對不起！……誰叫我的敵人實在太危險，所以未事先告知者不得進入我家大門。您該先通知我要來的！不過，我知道怎麼回事，您大概酷愛收藏古籍，才壓抑不了慾望，迫不急待趕來欣賞我手上的珍貴書籍。」

英國人斜眼瞧他，冷冷地說：

「演得好！但我這人不喜歡自怨自艾……」

「您這套淺褐色西裝剪裁恰到好處，沒弄皺吧？」

「麻煩行行好，玩笑也適可而止吧！這突襲太猛烈了，我很累，想回去休息了。」

沙維希向對方伸出手，道森開口：

「嘆爲觀止的裝置，我得研究是如何組裝的……這夠讓我忙了。您是位特別的男士，我們應該好好了解彼此，明早九點我親自來府上拜訪行嗎？希望這次能輕鬆點……」

「明早九點，輕鬆點，當然，」安德黑．沙維希報以微笑：「晚安！」

「晚安。」

道森先生離去。

安德黑．沙維希待在原處陷入沉思，心情很好，之後與孩子會合，今晚不送孩子回朋騰區，他得著手安排孩子的住宿問題。

chapter 15

正面交鋒

「早安，我沒遲到吧？」

「九點的鐘聲剛響。」

握手寒暄後，安德黑・沙維希在隔日邀請多納・道森進客廳。

英國人舒適地坐進扶手椅，並示意沙維希坐在自己對面。

「親愛的朋友，」他驚呼：「您迷人的庭園白天看來比晚上友善多了！」

「我再度致歉，」沙維希回答：「您知道，眞的不是針對您！」

「別放在心上，況且，我也沒偷東西，只對那些絕妙裝置印象深刻，讓我想到了一些計畫。」

「當然，」沙維希嘲諷：「就是那些您心知肚明的計畫。」

「什麼叫『心知肚明』？」

「我是指，您那些完善的行動指令，道森先生。我實在無法原諒自己好長一段時間誤認您只是社交圈的紈褲子弟，這部份確實被您瞞過去了！但今日，我已摸清來龍去脈，若您想合作，咱們便開誠布公，別浪費時間耍花招……」

「與您協商眞是痛快！您跟我一樣，談生意都愛乾淨俐落，確實有效率又精明！」

「道森先生，容我提醒一句，我們不做生意，所以也談不上什麼協商。」

英國人態度轉爲謹愼，咕噥著：

「啊？」

接著脫口而出：

「不然這算什麼？」

安德黑・沙維希疾言厲色地教訓：

「有資格問這話的應該是我吧！您還眞異於常人！昨晚，您爲了偷取需要的文件突然上門，悄悄溜進我家，意圖明顯，少裝蒜，我不是三歲小孩，我消息可靈通了，不巧您誤入陷阱，被我認出，英俊的輸家於是表達今日欲登門拜訪之意，現在您竟敢用這種興師問罪的態度問：『不然這算什麼？』實在太過份了！這恐怕不利我們敞開心胸對話。麻煩修正您的語氣！」

多納・道森選擇讓步，換副口吻道：

「請息怒！是我不會說話，您也知道，儘管我精通貴國語言，有些精細的用語仍無法完全掌握。」

安德黑・沙維希指出：

「您是否未全面理解法語的細膩很難說，但您肯定不懂法國人的細膩，這點得有人好好教您……」

「求之不得。瞧，我們又重新開始對話了，而且一開始就這麼熱絡！您剛提到『開誠布公，別浪費時間耍花招』，您願意重新在此原則下對談嗎？」

「樂意至極。不如皆以眞面目示人，道森先生，這樣坦率多了，也較適合我們。不妨告訴您，安德黑・沙維希不過是我的法定替身，是暫時的身份，現在，我也非常清楚您在貴國的眞實職業及來本國的任務。」

上尉愼重其事地起身宣布：

「我是亞森・羅蘋，而您是情報局的要員。」

「是局長！」多納・道森不帶任何情緒，乾脆地承認。

「這樣不是很好？」羅蘋道：「咱們都清楚對方底細了，您找書若也採取這種直接的方法，就不必受我精心布置的小裝置折磨數小時了！只要跟我說一聲，我很樂意雙手奉上。」

「眞的？」

「我早就準備這麼做。但有件小事得先說明：此書可是皇帝拿破崙一世自聖赫勒那島託人帶給我先祖羅蘋將軍的東西，而我很榮幸得知先祖是位勇士，您以爲我會天眞到任由正本暴露於各方覬覦下？不，正本安放之處固若金湯，說什麼我都不會放手，倒不是爲了什麼歷史因素，而是珍惜家族紀念物。副本放在您打算搜查的玻璃櫃，您儘管拿去，希望貴政府笑納。當然，副本並無感動人心的特質，畢竟非科西嘉島那雙高貴之手①碰過的東西……但我也不相信您見到這些東西能有什麼體悟……無論如何，從藝術觀點而言，臨摹技巧仍十分精湛，書殼幾乎一模一樣，內文也完整保留。現在只需確定大英帝國欲得此書是爲了解內容，或不願讓外國人一探究竟。若後者假設爲眞，您大可放心，因爲我保留了聖女貞德自白那段，更明確地說，不論任何情況，這段自白都會被藏得好好的。我不在乎家族成員遭貴國追蹤調查，絕對堅持到底。」

他走近玻璃櫃，打開櫃門，自內取出一本書遞給道森先生，順便補充道：

「這是您要的吧？我還有其他副本，放置不同藏身處……我有很多小藏身處……翻開內頁就能找到那段含弦外之音的箴言，您自然是不陌生了，比方說這個。」

他誇張讀著：

擁有土地者即擁有黃金。

擁有黃金者即擁有土地。

英格蘭得前進開普敦。
非洲最南方，勢在必得。

道森先生伸出手，滿臉通紅。

「書我收下了。」他的聲音乾啞：「謝謝，您想交換什麼我都答應。」

「喔！小事一樁！況且我這麼做不是想交換什麼，純粹希望讓您高興。話說回來，如果能攆走卡貝我也會很高興。您遣送他去哪兒都好，就是別讓我再見到他！這麼做並不損及您在巴黎的人手，因爲這夥伴太蹩腳，是個差勁的密探，當他進行自己的任務時，還會順便拖累您。顯然您本身也不信任他，否則您明明交代他儘速達成尋書任務，怎麼又親自來找了？他老是不能使命必達，還不要臉地追求萊納小姐，激怒奧克斯佛王子。眞是……一無是處的下流胚，長得又醜。」

道森先生笑道：

「這倒是眞的，明天起他將被派往很遠的地方出任務。」

「一邊受到監視吧？」

「喔，當然。啊，羅蘋，您眞是不可思議！若有像您這樣的天才願意加入我們，我一定由衷感到開心。我總覺得孤軍奮戰！」

「您不是有威廉・洛基……？」

「他只是個孩子！沒錯，他是位迷人的秘書、有趣的朋友，但不夠積極、可塑性低、缺乏意志力，所以才希望您……」

羅蘋坐下，腦袋不停轉著：

「抱歉，」他問：「我倒想知道促使我加入的理由是什麼？金錢？金錢？這動機太膚淺！再說，我又不缺錢，我有的是錢……在人生其他階段，金錢確實是我追尋的目標，是必要之爭……但那段時期已經過了！昨天我甚至將財產很大一部分捐贈給某位學者，以進行利於人類的研究。萬一將來資金不夠我完成對朋騰區的規劃，找錢也不困難，資金來來去去無所謂，我很清楚如何拿回來，保證快狠準！如何？我實在看不出能說動我的原因。」

「行動具挑戰性、刺激，且有成就感……一定能滿足像您這類人物！。」

「千萬別這麼想。現在，我更野心勃勃，想法卻越發無私，我覺得戰鬥的價值在於提升大眾利益，並得符合騎士精神，恐怕與您的作風大相逕庭。」

「抱歉，我們可是光明磊落的。」

「是，卻不擇手段。」

「我不容許……」

「讓我講完，我們就事論事。不如打開天窗說亮話，道森先生，私底下，我覺得您人不錯，也喜歡與您相處，然而，我討厭您的組織。」

「您若明白組織發起的行動多麼激勵人心，就不會這麼說了。」

「有可能，不過，這些行動不太漂亮。」

「我很驚訝您的說法，親愛的羅蘋。可見您對我們多不了解，聽信無聊的道聽塗說妄下斷言……」

「不！傳言只是一部份，我是根據國際事件下的判斷。這幾年情報局介入眾多事件，手段卑劣，所以我絕不成爲你們一份子。」

「怎麼說？」

「我一清二楚，首先，你們有許多原先用來傳遞訊息的辦公室，但很快就不務正業，變成擴張霸權的工具。」

「我覺得很合理，當民眾熱愛國家時……」

「確實！但麻煩注意，敝國與貴國不同，甚至在某些情況下，貴國的計畫、需求、野心，都與本國格格不入。」

「一九一四年的戰爭②貴我雙方已結盟！」

「純粹情勢所逼，才暫時結盟……自從察覺您更高階層的任務後，我看也甭提愛國主義了，什麼都擋不住您，您殺人從不手軟，只要誰言行舉止妨礙您或讓您起疑，便出手剷除，大家心知肚明、看在眼裡，眞是速戰速決、殘暴冷血。而我痛恨死亡，殺人是我從不考慮的選項。最後，不論處理東方事務或這幾年的外交活動，您總愛化簡爲繁，這點我敢擔保，即使再小的問題也是，拐彎抹角只會耗時耗力……例如您對付奧克斯佛王子的策略、您面對那場可能成形的婚姻展現的態度，竟是不斷搬弄是非。」

「奧克斯佛王子身爲國王表親，我不能眼睜睜看著……」

「這就對了！您深知他渴望王位，卻暗中妨礙，爲達目的，表面上助他與萊納小姐結婚，因爲女方應可獲得一筆不錯的餽贈，同時圖謀或唆使將全部贈與的黃金以包裹空運來此，還企圖讓我以爲包裹不可能從英國銀行專機掉落！幸好我徹夜監視……此等行徑簡直鼠目寸光、莫名其妙。」

「反正也無關緊要，別鑽牛角尖了，親愛的羅蘋，本國並未將安排王位一事看得太嚴重，若您有心，同樣可以從中獲益。」

「我？」

「沒錯。提起這點倒不是想洩漏您的秘密，不過，您愛上珂拉・萊納也是事實。」

亞森・羅蘋硬生生地打斷他：

「這與私人感情無關。」

「得了，得了！我對您觀察入微，而且特別留意珂拉與您的互動，肯定錯不了，珂拉不喜歡愛德蒙・奧克斯佛，她愛的是您……」

「拜託您別說笑了。」

然而道森先生並不理會對方痛苦的表情，繼續說：

「爲何您希望她嫁給王子？爲了爭取戴上后冠的機會？還眞是捨己爲人！倒不如由您取代王子，我們一定力挺到底。沒錯，換您迎娶珂拉。否則咱們心知肚明，一切將按卡貝的意圖及詭計發展，他不會放棄王國，反觀您將成爲幾個東方國家中相當親英的國王，而珂拉也將臣服於您。大英帝國親手建立及摧毀的王國不勝枚舉啊……」

「荒唐！嫁給亞森·羅蘋的年輕女孩是能多幸福！」

「難道您不願意？眞可惜！您還眞不落俗套！」

「亞森·羅蘋不是您想的那樣！他信奉利他主義，不像您是利己主義。聽好，我與情報局正好相反，我是流氓，情報局是君子，但您優秀的幹員卻是行爲像流氓的君子。」

「我應該表達抗議，不過算了，您才華洋溢才敢口沒遮攔！好了，總而言之，您不接受我的提議？」

「沒錯。貴國政策只求在各地引發戰爭，而我只求做點對世界和平有幫助的事。爲達目的，我希望今後能貢獻所長，和平並非遙不可及，也不會僅限於口號，總有一天，和平將主宰世界。我寧願大力贊助和平事業，也不想替貴國建立霸權。」

道森先生起身，只問：

「所以，決定與我方爲敵？」

「怎麼會？道不同不相爲謀罷了！」

「假如日後我發現您挺身阻撓我們的計畫，即便您再有才情，我也得消滅您這位對手，您知道我會有多遺憾？而且一定很難過，因爲我非常敬重您，親愛的羅蘋。」

「彼此彼此，您也是我親愛的道森。但您難道不怕反被我下令解決？我這人不喜歡趕盡殺絕，通常避免正面交鋒，我覺得這才叫有君子之爭，這也是我們不同之處。假使有一天我發現您阻擋革新世界的大業，必定爲您的無知感到遺憾，但仍樂於擊敗您這樣的對手。我與祖先羅蘋將軍一樣，打勝仗是家常便飯，這場和平之役，我勢在必得。」

道森先生一臉懷疑：

「或許吧……」

然後他伸出手表示：

「雖然希望別再見了……但應該還有機會見面……」

「我相信後會有期。」

道森走到門口時，亞森·羅蘋突然叫住他：

「差點忘了……您曾說想研究這庭園的小裝置，這裡有庭園的設計圖，這不是害人的東西，我願意送您參考……此事微不足道……就當讓您成爲受害者的補償……」

他從抽屜取出一大袋文件：

「拿去吧！」

多納・道森連忙接手，喜形於色：

「謝謝！您確實是紳士。可惜不夠務實！」

送客時，亞森・羅蘋抬指而答：

「理想主義比較美！」

兩人相視一笑，就此分手。

譯註：

①科西嘉島那雙高貴之手指拿破崙一世，科西嘉島為拿破崙出生之地。

②指第一次世界大戰。

chapter 16

女人心事

道森先生離去後，羅蘋出神好一會兒，然後搖搖頭，高聲說：

「愛情啊……」

接著雙手一攬似乎想捕捉什麼動人的想法，他在房間裡走來走去，看看手錶，關上櫥櫃，端詳鏡中的自己好一會兒，一邊抹亮頭髮，再戴上帽子出門。轎車照約定時間，已在萊納府邸門前等候，他遞給司機某個地址，然後上車。不久，在一棟高大的建築物前下車，與司機約好下午幾點至同一地點接送後，他火速爬上狹窄的階梯，以特別的節奏按壓臺階上唯一一扇門戶的電鈴，心砰砰亂跳。

屋裡傳來腳步聲，有人問道：

「誰啊？」

「是我……一切順利……」

門開了，門後是一位戴著白色帽子的老太太。

羅蘋親暱地拍拍她的肩膀：

「早安，奶媽，不無聊吧？」

「不，感謝上帝！」

「小姐在嗎？」

「在書房，眞是高貴的天使。她大概等得心急如焚。」

他滿心歡喜衝進堆滿書籍、溫馨的小房間。珂拉起身迎接，臉上漾著玫瑰色的光彩。她伸出雙手：

「你終於回來了！」

「還沒中午……」

「我知道，但我就是擔憂。」

「不是請妳務必放寬心？」

「你可能遭遇危險，我哪放得下心？不過，我仍舊乖乖待著，而且好吃好睡，這麼說眞不好意思，你的奶媽廚藝驚人，這地方很安靜，十分舒適！……」

「我的藏身處還不錯吧？當我需要靜心思考……或暫時消失時就會躲在這兒……屋子有兩個出口，一個是平常進出的大門，另一個則面對小路，有時候滿方便的。」

女孩開口：

「總是這麼複雜，神秘兮兮的！你沒過過正常人的生活嗎？」

「妳也知道某些『正常』的生活滿無聊的。」

他們笑著坐下，年輕女孩慎重提醒道：

「無論如何，當我們愉快地並肩聊天時，我總覺得你就是個普通人，過著尋常生活，工作、娛樂、戀愛，像其他人一樣懷抱夢想……因此我不禁幻想，這應該只是幻想，假如我們能永遠在一起，你就可以變成那樣的人。我說對了嗎？」

亞森・羅蘋溫柔低喃：

「或許是……」

珂拉接著說：

「你一定明白，每次這種時刻，我總是忘記如何形容山邊……」

「山巒起伏？」

她微微一笑：

「都可以……你的生活方式就像起伏的山巒……」

「層峰峻嶺間，也可見翠綠山谷。」

他突然中斷太過親密的交談，輕聲問道：

「對了！妳今早忙些什麼，珂拉？」

「我看譜彈琴，你的音樂櫃裝滿佳作，我也讀了一些……而且我想到幾件重要的事……」

「喔？我倒挺好奇，能告訴我嗎？」

她一臉嚴肅：

「自然得講。不過你先說我們分開後發生的事。」

「喔！不足掛齒。總之……全在我意料之中，卡貝在妳府上碰了一鼻子灰，謀殺三人組在我家門口被電動防禦裝置逮個正著，我教孩子操作方式時，妳也看到機器如何運轉了。」

「眞是可靠的孩子！」

羅蘋不由得臉紅，只得回答：

「是啊，還很聰明。」

隨即強調：

「說沒有意外也太誇張，仍有突發事件，只是我不太驚訝，道森不幸被內側庭園的鐵鉗困住，他想來偷玻璃櫃裡我跟妳提過的書。」

「不可能！爲什麼？」

「啊！他裝成胸無大志的文人雅士，其實眞實身份頗令人厭煩，是情報局局長。」

「多納？」

「對，多納・道森，妳慵懶的朋友、調情的對象。」

「你說什麼？你確定嗎？」

「我們剛才把話說清楚了。」

他靠近扶手椅，突然鼓起勇氣表示：

「聽著，珂拉，妳可能會很驚訝，我也是，我對妳撒了善意的謊言。我借用了安德黑・沙維希上尉這位朋友的身份，其實我是亞森・羅蘋……」

珂拉・萊納卻顯得開心：

「我覺得好幸福！」

「什麼，哪裡幸福？亞森・羅蘋，妳知道這人與幸福沾不上邊，是幸福絕緣體。」

他再度起身走來走去，接著靠近另一張長沙發，重重坐下。

珂拉過去坐他旁邊，從皮包取出一封泛黃的信交給他：

「我早就知道了，」她鄭重地表示：「請看萊納親王過世前寫給我的遺囑片段：『妳那四位朋友中，有一位應該就是特立獨行的亞森・羅蘋，此人冒險犯難的性格可從未嚇倒我！他使用假名，我無法確定是哪一位。好好觀察，找出他來，此人乃正人君子，能給妳意想不到的支持。』你認爲是什麼含意？」

「萊納親王獨來獨往、離群索居，他根本不在乎……」

女孩急著打斷他的話：

「我就想同他一樣！信末這句『要幸福』至情至理。我已下定決心奉此建議為圭臬，昨天也立定未來的路，我非常確定自己想嫁給你。」

「不可能，我說過我結不了婚。」

「為什麼？擔心合法身份不保？」

羅蘋十分激動，卻仍試著開玩笑：

「喔，合法身份沒什麼好煩的，我有一大堆，還有備用的……」

「留一個真實身份對我就夠了，我很驕傲成為你的妻子，聽著，安德黑，你希望我仍喚你安德黑，我也習慣這麼稱呼，我愛你，相信你也愛我。」

「珂拉，拿如此幸福之事引誘我非常殘忍。」

「怎麼會，我愛你，全心全意愛你，難道你不承認也愛我？」

他默不作聲，珂拉忍不住大叫：

「你才殘忍！我快被逼瘋了！……」

她開始哭泣。

羅蘋見她落淚，心亂如麻，態度終於放軟：

「親愛的，親愛的，」他吞吞吐吐地說：「我當然愛妳！再也不放手了。我需要看妳的容顏，需要聽妳的聲音，妳如此美麗、端莊、出眾，我眼裡只有妳一人。是，我愛妳，打從第一次見面就愛上了，此後，滿腦子都是妳，我的生命已歸妳所有，在妳之前，我從未眞正愛過任何女人，但願這麼說能讓妳高興。不過別再提結婚一事，我不能。」

珂拉破涕爲笑，回應道：

「因爲我是皇后嗎？又是這孩提時期的舊夢想！我不希罕當愛德蒙・奧克斯佛的皇后，此人可悲、平庸、自私自利。他根本不會難過，大不了再從英國上流階層，挑一位比我更適合他個性、熱中於宮廷及王妃生活的女孩。我唯一的野心就是當你的皇后，成爲朋騰區孩子們的皇后，我們可以賣掉萊納宅邸，向艾佛伯爵買下帝勒斯城堡，你可以在城堡繼續進行上尉教師及城市規劃師的活動，我會從旁協助。巴黎這邊仍留著這間小房子落腳，這兒將充滿我們互訴衷曲的回憶。」

亞森・羅蘋感傷地說：

「這一切過於完美，不可能發生在我身上！」

「還有什麼問題？是喬瑟飛及瑪麗・泰瑞絲那兩個孩子嗎？」

他微微顫抖，女孩不慌不忙地問：

「對了，他們人呢？」

「回朋騰了……我給他們一些錢，他們住在地下碉堡。喬瑟飛能幫忙教導其他孩子，是我的好助手。」

珂拉柔聲道：

「我完全了解，親愛的！喬瑟飛像你，瑪麗・泰瑞絲也與你神似……兩個美妙的孩子……這不成問題，你可以收養他們，我會付出愛心照顧。」

「啊！珂拉，我怎麼愛妳都不夠！妳簡直是小仙子，卡莫小姐——萊納親王不幸過世後，有人將妳比成小說人物，給妳取了這個別名。」

「我一直被蒙在鼓裡！這也太可笑了！……言歸正傳，所以你答應了？」

「我投降，史無前例，我眞是愛瘋了妳。」

他環抱珂拉，女孩頭枕著他的肩，兩人深深擁吻。

之後他又站起來，喃喃道：

「我從未忘懷那醉心的吻，珂拉。妳已經給了我雙唇，記得嗎？遭人綁架那次？」

「是被救那次。」她更正：「我什麼都可以給你，啊！我太愛你了。」

「珂拉……我的愛！」

他再度緊摟女子，卻又突然推開她，愁容滿面：

「還有件事得處理，那些聲名遠播的黃金包裹！」

「黃金倒進地下教堂後就一直在那兒，你打算怎麼辦？」

「妳知道我不貪圖黃金。那東西眞討厭，我只要妳，不要別的。妳擁有萊納宅邸，財富已然太多……」

「我明白你的作風……放心，房產會被抵押……」

「黃金只需寄還羅德．哈瑞騰即可，希望送黃金回英國會比它來法國時容易。」

「你眞愛說笑……我可不想！你爲了科學捐出大部分財產，我們需要這些黃金做大事，留著吧！我們再做安排。」

「也好，但得仔細規劃如何利用利息及本金。」

「一言爲定。這不成問題。啊！安德黑，我們將共度開心的生活了！」

她再度依偎羅蘋懷中，這時響起敲門聲。書房門開了，老奶媽走進來：

「好了，」她平靜地說：「我的舒芙蕾甜點烤好了，不能再等了，快來吃！」

「好，別嘮叨！先聽我宣布一個令人驚訝的消息：我要結婚了。」

結果奶媽只簡單表示：

「不會太早嘛！」

安德黑指著珂拉：

「我將與這位小姐結婚。」

奶媽走向年輕女孩，報以溫暖微笑，說道：

「這下我有兩個小孩了，我會好好照顧妳的。」

他高興地伸出手臂讓珂拉攙扶：

「幸福會讓人飢餓，來吃飯吧！我邊跟妳詳述昨晚發生的事，以及我與多納・道森交談的內容。」

他低頭輕吻年輕女子秀髮，最後說：

「我不知道這是否爲亞森・羅蘋最後一次冒險，但能確定是他最後之戀……也是唯一的愛！」

名家推薦

怪盜最後一案——談《羅蘋最後之戀》

推理作家　既晴

二〇一二年五月，在法國推理圈有一件震撼全球的大事，亞森・羅蘋探案的最終章，《羅蘋最後之戀》（Le Dernier Amour d'Arsène Lupin，2012）出版，與作者莫里斯・盧布朗的逝世，相隔了超過七十年。

這部《羅蘋最後之戀》，並非像是以往多部宣稱「是從華生醫師的筆記本中偶然發現」的福爾摩斯探案仿作，而是在盧布朗家裡找到的遺稿，貨眞價實、原汁原味，在亞森・羅蘋已經名滿天下、在大眾文化已經具有不可動搖影響力之今日，更是備受矚目。

事實上，根據催生這部作品的推手、負責撰寫盧布朗傳記的學者賈克・戴胡亞（Jacques Derouard）所言，早在一九八〇年代，他就曾經從盧布朗之子克勞德（Claude）口中，聽說過本書的存在。然而，本書的撰稿時間大約是一九三六年左右，當時盧布朗的健康狀況不佳，在尚未改稿完畢之前，即罹患了腦溢血，於是放棄出版本作。因此，這是一部情節、佈局並不完整的作品。爲了維護父親的聲譽，克勞德拒絕出版。

不過，在克勞德過世後，其女佛羅倫斯（Florence）整理父親遺物時，找到了本作原稿。原稿有兩個版本，一是名爲《亞森・羅蘋的最後冒險》（Le Dernière Aventure d'Arsène Lupin）的手稿，另一則是修改後的打字稿，即本書。在佛羅倫斯的首肯下，賈克・戴胡亞開始進行文稿的整理、校正，不過，經過多年，卻遲遲沒有出版消息。由於法國的著作權年限是七十年，因此，遂決定在盧布朗逝世七十週年進行發表事宜，並於隔年正式推出。

書名爲「最後之戀」，就令人愈發好奇，羅蘋這位情場浪子，是否終能找到情歸之處？就讓我們在這部最後一作裡統計一下，爲羅蘋的豐富情史做個總整理。

首先，光是結婚典禮，他就辦了五次。第一次在《魔女與羅蘋》（La Comtesse de Cagliostro，1924），與男爵之女克蕾兒・德迪葛（Clarisse d'Etigues）相戀結婚；幾年後，在戲劇《羅蘋的冒險》（Arsène Lupin，1909）與來自俄羅斯的侍女宋妮雅・克里諾夫（Sonia Krichnoff）結婚。

接著，又在《羅蘋的告白》（Les Confidences d'Arsène Lupin，1913）的短篇〈亞森・羅蘋的婚禮〉（Le mariage d'Arsène Lupin），預告強娶公爵之女安琪莉可・薩爾佐・范登（Angélique de Sarzeau-Vendôme）。

在《奇巖城》（L'Aiguille creuse，1909），再娶伯爵的外甥女蕾夢・聖維隆（Raymonde de

Saint-Veran）爲妻；第五次，則是在《虎牙》（Les Dents du tigre，1921）與秘書佛蘿倫絲・勒瓦瑟爾（Florence Levasseur）結婚，不過，這次他是用堂・路易・佩雷納（Don Luis Perena）的假名結的，法律上有沒有效，不得而知。

至於戀愛，就更多不勝數。在《魔女與羅蘋》與「地獄之女」約瑟芬・巴爾薩摩（Josephine Balsamo）陷入熱戀；在《奇怪的屋子》（La Demeure mystérieuse）裡，追求模特兒愛蘭特・瑪佐拉（Arlette Mazolle）；在《八大奇案》（Les huit coups de l'horloge）以雷利納公爵（du prince Serge Rénine）的身分，追求奧爾棠絲・丹妮爾（Hortense Daniel）；在《８１３之謎》（813）與多蘿蕾絲・克塞巴赫（Dolorès Kesselbach）相戀……其他友達以上、戀人未滿的，還沒有算進來。

然而，本作眞正驚人之處，卻是在尋找最後戀人的同時，亞森・羅蘋畢其一生，不斷盜取財物，囤積了天文數字般、永遠享用不盡的財富，其眞正的動機，也在本作裡一舉揭露。

不得不說，做爲羅蘋最後一案的本作，盧布朗的設想眞是太驚人、太震撼、太完美、太感動了，在他長達三十多年的羅蘋探案創作生涯裡，居然能設想出如此首尾一致、前後呼應的最後大結局，超越了所有我知道的推理作家，眞是令人萬分嘆服，無話可說。

這片關於羅蘋生平之秘的最後一塊拼圖，在《羅蘋最後之戀》終於出現，不愧爲値得漫長等待七十年的最後一案！

後記

亞森・羅蘋是何方神聖？

莫里斯・盧布朗

亞森・羅蘋是如何誕生的？

完全是一連串巧合。不過就某日我對自己說：我要來創造個冒險家角色，然後給他這樣和那樣的性格，當下我根本沒料到他會成爲我作品中的要角。

我不是忙著寫道德小說就是愛情小說，這些作品讓我小有知名度，我也一直與吉爾・柏拉文刊（Gil Blas）有固定合作模式。

而某日，好友皮耶・拉菲特（Pierre Lafitte）向我邀稿，爲他正籌備發行的《我全知道》（Je sais tout）創刊號寫篇冒險小說。我沒寫過這種類型，所以遲遲無法決定是否嘗試。

終於，一個月後，我將小說寄給皮耶・拉菲特，內容是由一名搭乘勒阿弗爾（Le Havre）往紐約航線客輪的旅客，陳述船遇到暴風雨，無線電報正警告大家惡名昭彰的怪盜亞森・羅蘋在船上，且以「R」之名旅行……這時，狂風暴雨切斷通訊，不用說，此消息引起全船一陣騷動。船上開始發生竊案，凡名字爲「R」開頭的旅客皆遭到懷疑。其實敘述者就是亞森・羅蘋，雖然明明是故事裡的角色，但因表達方式客觀，似乎沒有讀者懷疑到他身上。

故事獲得廣大迴響，但當拉菲特再請我寫時，我拒絕了，因爲當時法國社會對神秘小說及偵探小說評價很低。

我堅持了六個月，卻也一直在考慮，加上拉菲特不停遊說，我提醒他小說結局已定，主人翁坐牢去了，等於斷了之後故事的發展，他卻淡淡地回我：「那只好安排他逃了。」

於是就有了第二篇故事，亞森・羅蘋在牢房裡繼續運籌帷幄，第三集就越獄了。

爲了寫第三集，我還特地去向警察局長討教，見面時他非常友善，還主動表示願意看看我的稿子，結果八天後他寄還稿子，隨信只附上名片，無任何評論建議，他一定覺得這種逃亡根本不可能發生！

此後，我成了亞森・羅蘋的俘虜！英國率先翻譯他的冒險故事，接著是美國，如今，這些故事已風行全世界。

而「怪盜亞森・羅蘋」稱號的由來，只因爲我打算集結最初幾篇故事，又剛好得給這些故事找個老少咸宜的名字，才臨時想的。

亞森・羅蘋冒險中，有許多重新編寫的元素，其中最具張力的是我讓夏洛克・福爾摩斯（Sherlock Holmes）以福洛克・夏爾摩斯（Herlock Sholmès）之名與羅蘋對決，不過我敢說自己完全未受柯南・道爾（Conan Doyle）的影響，而且因爲某個好理由，在我創造亞森・羅蘋之際也未拜讀過他的作品。

影響我的作家絕大多數是我兒時讀物的作者，例如美國文學家菲尼莫・科柏（Fenimore Cooper）、法國作家阿梭隆（Assollant）、法國偵探小說家嘉保里歐（Gaboriau），以及後期的巴爾札克（Balzac），其筆下角色佛特漢（Vautrin）令我相當震撼。但其中影響我最深、也最讓我入迷的，應是愛倫波（Edgar Poe）。我認爲他的作品是神秘冒險故事及偵探冒險故事的經典。後來同類型的小說不過是重現他的模式，問題是天才的模式又怎能重現，因爲只有他懂得創造驚悚氣氛包圍故事主軸，這點之後已無人嘗試。

另外，他之後的作家通常沒有同時走在神秘與偵探兩條路上，幾乎都往後者發展。因此，才會有嘉保里歐、柯南・道爾以及所有在法英兩地，受他們啓發的文學浪潮崛起。

個人並不打算專攻哪項，我所有的偵探小說都是神秘小說，所有的神秘小說也都是偵探小說，甚至我必須說，是書中的角色在引導我。

事實上，情節會隨著核心角色是匪徒或偵探改變，不見得每次相同。當主角是偵探，代表樂趣在於讀者永遠不知道他會往哪兒去，因爲讀者是跟著面對未知人物的偵探前進。相反地，當情節繞著匪徒打轉時，大家就會預先知道犯罪情節，畢竟主角正是匪徒。

另一方面，我還得將亞森・羅蘋設計成雙重角色，他是盜賊，同時也是好人（因爲小說主角不能是壞人）。我必須多寫些人性面，好讓大家能接受他的竊盜行爲，認爲他是情有可原，甚至合乎情理。這些元素包括，首先，他偷東西經常爲了好玩而非貪婪，再來，他從不偷善良人的東西，偶爾還很慷慨。

最後，他這些不光彩的事蹟某部分被解釋成出自情感的驅使，好給他證明自己勇敢、無私、具備騎士精神的機會。

柯南・道爾筆下的夏洛克・福爾摩斯純粹熱中於解開謎底，讀者感興趣的也只有他成功破案的方法，反觀亞森・羅蘋總是不斷牽扯各種事件，而且常常連他也不明白爲何會發生在自己頭上，但他仍堅持風光脫身…也就是說得變得比以前更有錢一點。他也會爲了找出眞相勇於冒險，只要這眞相能讓他荷包滿滿。

然而這並不表示他覺得自己是全民公敵，他反而自認：「我是優良市民…假如有人偷我的錶，我一定大喊抓賊。」因此依他看，他是社會的一份子，而且捍衛社會秩序。但骨子裡對這他認爲必要也贊同的秩序，卻是一邊支持，一邊搗亂。他卓越的偷盜天賦注定讓他難成善類。

不過這些冒險中，有另一項極有趣的要素，我覺得頗具原創價值。雖然當下我並未這麼想，因爲沒人能預見自己會把作品寫成什麼樣，我們的想法造就我們的模樣，此模樣經常也就是自己內在的投射。在亞森・羅蘋的例子中，有趣之處在於與現代的連結，在現代的元素裡，融合過去，尤其是歷史性，甚至傳奇性的東西，這並非像亞歷山大・仲馬（Alexandre Dumas）透過說故事的方式重建過往事件，而是直接破解古老懸案。亞森・羅蘋便透過這種探索風格，不斷結合類似的神秘事件。

亞森・羅蘋一系列的冒險故事裡有不少事件，時空背景雖是現代，但解開的是古老的謎團。例如《棺材島》（L'Île aux trente cercueils）提到一處被三十座礁石圍繞的峭岩，人們稱其爲「波希米亞王的石板」（Pierre-des-rois-de-Bohême），代代相傳只要將病患放在岩石上，病人就會痊癒，卻沒人知道原由。最後是亞森・羅蘋查出，某艘載運這塊波希米亞石的船，從高盧或居爾特祭司時代擱淺至今，眾人口中的奇蹟則是因爲岩石裡含有「鐳」的物質（而波希米亞即是鐳最大產國）。

以這類素材創作的偵探冒險小說大大強化了主題，我想，這就是爲什麼儘管亞森・羅蘋如寡廉鮮恥版的唐吉訶德（Don Quichotte），仍廣受歡迎及引人入勝的原因。

寫於小瓦爾（Le Petit Var），一九三三年十一月十一日星期六

亞森・羅蘋冒險系列全集（莫里斯・盧布朗著）一覽表

初版時間	中文書名／法文書名／好讀系列號／出版時間
1907	怪盜紳士亞森・羅蘋 *Arsène Lupin gentleman cambrioleur* 亞森・羅蘋冒險系列01 → 2010年08月出版
1908	怪盜與名偵探 *Arsène Lupin contre Herlock Sholmès* 亞森・羅蘋冒險系列04 → 2010年12月出版
1909	奇巖城 *L'Aiguille creuse* 亞森・羅蘋冒險系列05 → 2010年11月出版
1910	８１３之謎 *813* 亞森・羅蘋冒險系列03 → 2010年10月出版
1912	水晶瓶塞 *Le Bouchon de cristal* 亞森・羅蘋冒險系列08 → 2011年02月出版
1913	羅蘋的告白 *Les Confidences d'Arsène Lupin* 亞森・羅蘋冒險系列10 → 2011年07月出版
1915	羅蘋大作戰 *L'Éclat d'obus* 亞森・羅蘋冒險系列11 → 2011年08月出版
1917	黃金三角 *Le Triangle d'or* 亞森・羅蘋冒險系列09 → 2011年05月出版
1919	棺材島 *L'Île aux trente cercueils* 亞森・羅蘋冒險系列07 → 2011年02月出版
1920	虎牙 *Les Dents du tigre* 亞森・羅蘋冒險系列06 → 2011年04月出版
1923	八大奇案 *Les Huit Coups de l'horloge* 亞森・羅蘋冒險系列02 → 2010年10月出版
1924	魔女與羅蘋 *La Comtesse de Cagliostro* 亞森・羅蘋冒險系列20 → 2012年11月出版
1927	碧眼少女 *La Demoiselle aux yeux verts* 亞森・羅蘋冒險系列15 → 2012年01月出版
1927	穿羊皮的人 *L'Homme à la peau de bique* 亞森・羅蘋冒險系列18 → 2012年05月出版
1928	名偵探羅蘋 *L'Agence Barnett et Cie* 亞森・羅蘋冒險系列18 → 2012年05月出版
1928	奇怪的屋子 *La Demeure mystérieuse* 亞森・羅蘋冒險系列12 → 2011年09月出版
1930	古堡驚魂 *La Barre-y-va* 亞森・羅蘋冒險系列14 → 2011年11月出版
1930	綠寶石之謎 *Les Cabochon d'émeraude* 亞森・羅蘋冒險系列17→ 2012年03月出版
1932	兩種微笑的女人 *La Femme aux deux sourires* 亞森・羅蘋冒險系列13 → 2011年10月出版
1934	神探與羅蘋 *Victor de la Brigade mondaine* 亞森・羅蘋冒險系列16 → 2012年02月出版
1935	魔女的復仇 *La Cagliostro se venge* 亞森・羅蘋冒險系列19→ 2012年06月出版
1939	羅蘋的財富 *Les Milliards d'Arsène Lupin* 亞森・羅蘋冒險系列17→ 2012年03月出版
2012	羅蘋最後之戀 *Le dernier amour d'Arsene Lupin* 亞森・羅蘋冒險系列21→ 2013年06月出版

國家圖書館出版品預行編目資料

羅蘋最後之戀／莫里斯・盧布朗（Maurice Leblanc）著；吳欣怡譯.
——初版.——臺中市　：好讀, 2013.06
面：　公分，——（典藏經典；57）

譯自：Le Dernier Amour d'Arsène Lupin

ISBN 978-986-178-266-9（平裝）

876.57　　101026973

好讀出版

典藏經典57

羅蘋最後之戀

原　　著／莫里斯・盧布朗
翻　　譯／吳欣怡
總 編 輯／鄧茵茵
文字編輯／莊銘桓
美術編輯／許志忠
行銷企畫／陳昶文
發 行 所／好讀出版有限公司
台中市407西屯區何厝里19鄰大有街13號
TEL:04-23157795　FAX:04-23144188
http://howdo.morningstar.com.tw
（如對本書編輯或內容有意見，請來電或上網告訴我們）
法律顧問／甘龍強律師
承製／知己圖書股份有限公司　TEL:04-23581803

總經銷／知己圖書股份有限公司
http://www.morningstar.com.tw
e-mail:service@morningstar.com.tw
郵政劃撥：15060393 知己圖書股份有限公司
台北公司：台北市106辛亥路一段30號9樓
TEL:02-23672044　FAX:02-23635741
台中公司：台中市407工業區30路1號
TEL:04-23595820　FAX:04-23597123

初　　版／西元2013年06月15日
初版三刷／西元2013年06月30日
定價：220元
如有破損或裝訂錯誤，請寄回知己圖書更換

Published by How-Do Publishing Co., Ltd.
2013 Printed in Taiwan

ISBN 978-986-178-266-9

讀者回函

只要寄回本回函，就能不定時收到晨星出版集團最新電子報及相關優惠活動訊息，並有機會參加抽獎，獲得贈書。因此有電子信箱的讀者，千萬別吝於寫上你的信箱地址

書名：羅蘋最後之戀

姓名：＿＿＿＿＿＿ 性別：□男 □女 生日：＿＿年＿＿月＿＿日

教育程度：＿＿＿＿＿＿＿＿＿＿

職業：□學生 □教師 □一般職員 □企業主管

□家庭主婦 □自由業 □醫護 □軍警 □其他＿＿＿＿＿＿＿＿

電子郵件信箱（e-mail）：＿＿＿＿＿＿＿＿＿＿ 電話：＿＿＿＿＿＿

聯絡地址：□□□＿＿＿＿＿＿＿＿＿＿＿＿＿＿＿＿

你怎麼發現這本書的？

□書店 □網路書店（哪一個？）＿＿＿＿＿＿ □朋友推薦 □學校選書

□報章雜誌報導 □其他＿＿＿＿＿＿＿＿＿＿＿＿＿＿

買這本書的原因是：＿＿＿＿＿＿＿＿＿＿＿＿＿＿＿

□內容題材深得我心 □價格便宜 □封面與內頁設計很優 □其他＿＿＿＿＿

你對這本書還有其他意見嗎？請通通告訴我們：

＿＿＿＿＿＿＿＿＿＿＿＿＿＿＿＿＿＿＿＿＿＿＿＿＿＿

你買過幾本好讀的書？（不包括現在這一本）

□沒買過 □1～5本 □6～10本 □11～20本 □太多了

你希望能如何得到更多好讀的出版訊息？

□常寄電子報 □網站常常更新 □常在報章雜誌上看到好讀新書消息

□我有更棒的想法＿＿＿＿＿＿＿＿＿＿＿＿＿＿＿＿

最後請推薦五個閱讀同好的姓名與E-mail，讓他們也能收到好讀的近期書訊：

1.＿＿＿＿＿＿＿＿＿＿＿＿＿＿＿＿＿＿＿＿＿＿＿＿

2.＿＿＿＿＿＿＿＿＿＿＿＿＿＿＿＿＿＿＿＿＿＿＿＿

3.＿＿＿＿＿＿＿＿＿＿＿＿＿＿＿＿＿＿＿＿＿＿＿＿

4.＿＿＿＿＿＿＿＿＿＿＿＿＿＿＿＿＿＿＿＿＿＿＿＿

5.＿＿＿＿＿＿＿＿＿＿＿＿＿＿＿＿＿＿＿＿＿＿＿＿

我們確實接收到你對好讀的心意了，再次感謝你抽空填寫這份回函

請有空時上網或來信與我們交換意見，好讀出版有限公司編輯部同仁感謝你！

好讀的部落格：http://howdo.morningstar.com.tw/

好讀出版有限公司　編輯部收

407 台中市西屯區何厝里大有街13號

電話：04-23157795-6　傳眞：04-23144188

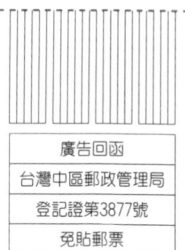